The Nutcracker
호두까기 인형

† Contents †

크리스마스이브 … 11

선물 … 19

보호자가 된 마리 … 29

놀라운 사건 … 39

전투 … 57

병이 난 마리 … 70

단단한 호두 이야기 … 82

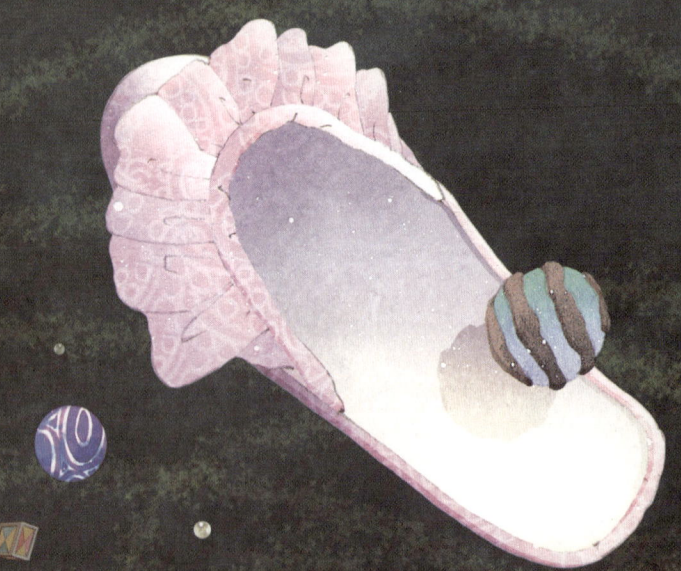

단단한 호두 이야기 속편 … 95
단단한 호두 이야기 결말 … 105
삼촌과 조카 … 121
승리 … 128
인형 나라 … 145
인형 나라의 수도 … 157
끝 … 176

호두까기 인형이 저주를 풀고 본래 모습으로 돌아가려면 생쥐 왕을 무찔러야만 했어. 또 흉측한 외모에도 불구하고 진정으로 호두까기 인형을 사랑해 줄 아가씨가 있어야만 했지.

마리, 호두까기 인형을 구해 줄 수 있는 유일한 사람은 내가 아니야. 오직 너만이 호두까기 인형을 구해 줄 수 있단다. 호두까기 인형을 향한 마음이 변치 않도록 마음을 단단히 먹으렴.

크리스마스이브

 매년 12월 24일마다 의사 슈탈바움 씨네 아이들은 집 안 한가운데 있는 방에는 절대로 들어가면 안 되었다. 특히 그 방 바로 옆 화려한 진열장이 있는 거실에는 더더욱 들어가면 안 되었다.
 프리츠와 마리는 뒷방 한쪽 구석에 나란히 쪼그리고 앉아 있었다. 날이 저물면서 어두워졌지만 그날은 언제나처럼 램프를 가져다주는 사람이 아무도 없어 무서운 기분마저 들었다. 프리츠는 막 일곱 살이 된 여동생 마리에게 아주 비밀스럽게 속삭였다. 들어갈 수 없는 그 방들에서 이른 아침부터 부스럭거리고

자그맣게 웅성대는 소리가 났다고. 또 방금 전 키 작은 남자가 옆구리에 커다란 상자를 끼고 현관을 몰래 빠져나갔는데, 드로셀마이어 대부가 분명하다고 했다. 그러자 마리는 기뻐하며 조그만 손으로 손뼉을 치면서 소리쳤다.

"아, 드로셀마이어 대부님이 우리를 위해 얼마나 멋진 선물을 만드셨을까?"

고등법원 판사인 드로셀마이어 대부는 잘생긴 외모와는 거리가 멀었다. 작은 키에 깡마르고 얼굴에는 주름이 가득했으며 오른쪽 눈에는 커다란 검은색 안대를 하고 있었다. 또한 머리카락이 한 올도 남지 않아 유리 섬유로 정교하게 만든 근사한 가발을 쓰고 다녔다.

드로셀마이어 대부는 특히 손재주가 매우 뛰어났다. 시계에 대해서도 잘 알아 직접 시계를 만들 수도 있었다. 그래서 슈탈바움 씨네 집에 있는 멋진 시계가 고장 나기라도 하면 드로셀마이어 대부가 직접 고쳐 주곤 했다. 시계를 고칠 때 대부는 근사한 가발과 몸에 딱 맞는 노란색 외투를 벗고 파란색 앞치마를 두르고는 날카로운 도구로 시계 속을 쑤셔 댔다. 어린 마리가 보기에는 시계가 몹시 아플 것 같았지만, 시계는 전혀 해를 입지 않았다. 오히려 되살아나서 신나게 종을 울리고 노래를 불러서 모두들 기뻐했다.

드로셀마이어 대부는 슈탈바움 씨네 집에 올 때면 언제나 아이들에게 줄 신기한 물건들을 가지고 왔다. 언젠가 한 번은 두 눈을 굴리며 인사를 하는 우스꽝스럽게 생긴 난쟁이 인형을 가져왔고, 또 언젠가는 뚜껑을 열면 작은 새가 튀어나오는 작은 상자를 가져왔다. 특히 크리스마스에는 잔뜩 공들여 만든 멋진 예술 작품을 가져왔다. 프리츠와 마리의 부모는 그 선물을 아주 소중하게 보관하곤 했다.

마리가 외쳤다.

"대부님이 이번 크리스마스에는 어떤 선물을 만드셨을지 너무 궁금해!"

프리츠는 드로셀마이어 대부가 올해에는 분명히 요새를 만들어 주셨을 거라고 말했다. 요새 안에는 멋진 병사들이 왔다 갔다 행진하며 훈련을 하고 있고, 바깥에서는 요새 안으로 병사들이 쳐들어오기 위해 전진해 온다. 그러면 요새 안에 있는 병사들이 용감하게 대포를 쏘면서 그들을 쳐부수겠지.

마리가 프리츠의 말을 가로막았다.

"아니, 아니야! 대부님은 나한테 예쁜 정원을 만들어 줄 거라고 하셨어. 커다란 호수가 있고 황금 목걸이를 한 백조들이 호수를 헤엄쳐 다니며 멋진 노래를 부르는 거야. 그럼 작은 여자애가 호수로 다가가 백조들을 불러 달콤한 마지팬(아몬드 설탕 과자)을 주는 거지."

그러자 프리츠가 퉁명스럽게 쏘아붙였다.

"백조들은 마지팬을 먹지 않아. 그리고 아무리 드로셀마이어 대부님이라고 해도 정원 전체를 만들 수는 없어. 게다가 대부님이 주시는 선물은 우리가 계속 갖고 놀 수도 없잖아. 엄마랑 아빠가 가져가 버리시니까. 그래서 난 엄마랑 아빠가 주시는 선물이 더 좋아. 우리가 얼마든지 가지고 놀 수 있잖아."

아이들은 이번에는 부모님이 어떤 선물을 줄지 이야기하기 시작했다. 마리는 자신의 커다란 인형인 트루트헨 아가씨의 얼굴이 많이 변했다고 말했다. 칠칠치 못하게 트루트헨 아가씨가 바닥에 자주 떨어져 얼굴이 지저분해졌기 때문이라고 했다. 하지만 트루트헨 아가씨는 그럴 때마다 심술궂게 미소 지으며 옷이 더럽혀지는 것은 조금도 쓰지 않는다며, 자신이 아무리 야단을 쳐도 소용이 없다고 불평했다. 또 마리는 그레트헨의 작은 양산을 보고 좋아하는 자신의 모습에 어머니가 무척 기뻐하셨다고도 했다. 프리츠 역시 자신의 군대 마구간에는 적갈색의 말이 한 마리 필요하며 군대에도 경기병이 한 명도 없다는 것을 아버지가 잘 알고 있다고 마리에게 말했다.

 마리와 프리츠는 부모님이 자신들을 위해 갖가지 멋진 선물을 준비해서 거실에 진열 중이며, 예수님이 아이처럼 다정하고 경건한 눈길로 그 자리를 비춰 주고 있다는 것을 잘 알고 있었다. 예수님이 은혜로운 손길로 어루만져 주시기에 크리스마스에 받는 선물이 그 어떤 선물보다 즐겁고 기쁘다는 사실도 말이다.

 어떤 선물이 기다리고 있을지 끊임없이 속삭이고 있는 아이들에게 프리츠의 누나이며 마리의 언니인 루이제가 이렇게 덧붙였다. 사랑하는 부모님의 손길을 빌어 아이들에게 커다란 기쁨을 가져다주는 선물을 주시는 분은 예수님이라고. 그리고 무슨 선물이 좋은지 아이들보다 더 잘 알고 계시는 분도 예수님이라고 말했다. 그러니 무슨 선물을 가지고 싶은지 소원을 빌 필요가 없으며, 그저 조용히 경건한 마음으로 크리스마스 선물을 기다리면 된다고 하였다.

어린 마리는 골똘히 생각에 잠긴 듯했지만, 프리츠는 혼자 중얼거렸다.

"그래도 난 말이랑 경기병이 꼭 갖고 싶은걸."

어느덧 날이 완전히 저물어 깜깜해졌다. 마리와 프리츠는 바짝 붙어 앉아 있었다. 아이들은 누구 하나 감히 입을 열 수 없었다. 마치 보드라운 날개가 자신의 주변을 파닥이며 날아다니고, 멀리서 웅장한 음악 소리가 들려오는 듯했다. 환한 한 줄기 빛이 벽을 스쳤다. 아이들은 이제 아기 예수가 빛나는 구름을 타고 다른 아이들에게로 날아간다는 것을 알았다.

그때 은방울같이 맑은 소리가 울렸다.

"딸랑딸랑!"

문이 활짝 열리고 거실에서 밝은 빛이 쏟아져 들어왔다. 아이들이 소리를 쳤다.

"우아!"

아이들은 몸이 굳어 버린 듯 문 입구에 멈춰 섰다. 어머니와 아버지가 아이들 옆으로 다가와 손을 잡고 말했다.

"사랑하는 아이들아, 예수님이 너희들에게 무슨 선물을 가져다주셨는지 한번 보려무나."

선물

 내 이야기를 읽고 있거나 듣고 있거나, 네 이름이 프리츠, 테오도어, 에른스트, 그 밖에 누구든지 간에 아름답고 화려한 선물로 장식된 작년 크리스마스 탁자를 떠올려 보기 바란다. 그러면 프리츠와 마리가 완전히 말문이 막힌 채 그저 눈을 반짝이면서 멈춰 선 모습이 충분히 이해되리라.
 잠시 후 마리가 숨을 깊이 내쉬며 소리쳤다.
"아, 예뻐! 정말 예뻐!"
 프리츠는 제자리에서 몇 번씩이나 멋지게 공중제비를 넘었다.

올 일 년 동안 아이들이 예년보다 착하게 행동한 게 틀림없었다. 이번 크리스마스이브만큼 아름답고 멋진 선물을 잔뜩 받아본 적이 없었기 때문이다.

거실 한가운데 있는 커다란 전나무에는 금빛 은빛 사과가 주렁주렁 매달려 있었다. 나뭇가지마다 설탕을 바른 아몬드와 알록달록한 사탕 그리고 온갖 먹을 것들이 마치 꽃송이나 꽃봉오리처럼 열려 있었다. 하지만 그 무엇보다 아름다운 것은 바로 무성한 짙은 색 나뭇가지들 위에서 별처럼 반짝이는 수없이 많은 작은 불빛이었다. 스스로 안팎으로 빛을 발하는 나무의 모습이 마치 아이들에게 꽃송이와 과일을 따가라고 정답게 속삭이는 것 같았다.

나무 주위에 놓인 선물들도 아주 화려하게 빛이 났다. 너무나 아름다운 온갖 물건들이 놓여 있었다. 도대체 누가 이렇게 멋진 광경을 말로 다 표현할 수 있을까?

마리는 예쁜 인형들과 깔끔하고 아담한 모양의 각종 소꿉들을 바라보았다. 무엇보다 화려한 리본으로 귀엽게 장식된 실크 드레스가 가장 예뻤다. 그 옷은 마리가 사방에서 자세히 살펴볼 수 있도록 바로 앞 나무 옷걸이에 걸려 있었다. 마리는 실크 드레스를 이리저리 살피면서 몇 번이나 소리쳤다.

"아, 정말 예쁜 옷이야. 매우 예뻐! 이렇게 예쁜 옷을 내가 입어 볼 수 있다니."

그동안 프리츠는 적갈색 말이 탁자 위 담장 안에 놓여 있는 것을 발견하고는 서너 번 그 주위를 총총 걷거나 달려 보면서 말을 시험해 보았다. 말에서 내리면서 프리츠가 말했다.

"야생마구나. 하지만 괜찮아. 내가 잘 길들이면 되니깐."

그런 다음 프리츠는 경기병 중대를 살펴보았다. 빨간색과 황금색 제복을 입은 경기병들은 은으로 만든 무기를 들고 있었다. 또 경기병들이 탄 백마가 어찌나 하얗게 윤기가 흐르는지 이 말도 은으로 만들었다고 해도 믿을 정도였다.

어느새 차분해진 아이들은 바닥에 펼쳐져 있는 그림책이 눈에 들어왔다. 그림책에는 온갖 예쁜 꽃들과 화려하게 차려입은 사람들, 즐겁게 노는 아이들의 모습이 그려져 있었다. 그림이 너무나 자연스러워서 정말로 그림 속 인물들이 살아 움직이고 말할 수 있을 것만 같았다.

아이들이 막 멋진 그림책을 보려고 할 때 또 한 번 종소리가 울려 퍼졌다. 아이들은 이번에는 드로셀마이어 대부가 선물을 주려고 한다는 것을 알고 벽 쪽에 있는 탁자로 달려갔다.

드디어 오랫동안 탁자를 가리고 있던 덮개가 걷힌 순간, 아이들의 눈앞에는 어떤 광경이 나타났을까?

거울로 된 수많은 창문과 금빛 탑이 있는 아주 멋진 성 한 채가 알록달록한 꽃으로 장식된 푸른 잔디 위에 서 있었다. 종소리가 울리고 성문과 창문이 열리자, 아주 작지만 섬세하게 만들어진 신사들과 귀부인들이 성안을 거니는 모습이 보였다. 귀부인들은 깃털 달린 모자를 쓰고 치맛자락이 끌리는 긴 드레스를 입고 있었다. 가운데 홀에서는 은색 샹들리에에 촛불들이 잔뜩 켜져 있어서 마치 불이 난 것처럼 보였다. 그곳에서는 짧은 양복 조끼를 입은 어린아이들이 종소리에 맞춰 춤을 추고 있었다. 에메랄드빛 망토를 입은 한 신사는 종종 창밖을 내다보며 손짓을 하다가 다시 사라지곤 했다. 겨우 아버지의 엄지손가락만 한 드로셀마이어 대부도 성문 아래에 서 있다가 이따금씩 안으로 들어갔다.

탁자에 팔꿈치를 괴고 멋진 성과 춤추고 산책하는 사람들을 구경하던 프리츠가 말했다.

"드로셀마이어 대부님! 저도 성안에 들여보내 주세요!"

드로셀마이어 대부는 말도 안 되는 소리라고 했다. 물론 정말 그랬다. 우뚝 솟은 금빛 탑을 합치더라도 성의 높이는 프리츠의 키보다 작았으므로 성안에 들어가려고 하는 것은 바보 같은 생각이었다. 프리츠도 곧 그렇게 할 수 없다는 걸 깨달았다.

성안에서는 여전히 신사와 귀부인들이 왔다 갔다 거닐고 있고, 아이들은 춤을 추고, 에메랄드빛 망토를 입은 신사는 창밖을 향해 손짓하고, 성문에 서 있는 드로셀마이어 대부는 안으로 들어갔다 나오기를 반복했다. 그 모습을 한동안 바라보던 프리츠는 더 이상 못 견디겠다는 듯이 말했다.

"드로셀마이어 대부님, 저쪽에 있는 문으로도 좀 나와 보세요!"

"프리츠, 그건 안 된단다."

대부가 대답했다.

프리츠가 계속 우겼다.

"그럼 에메랄드빛 옷을 입은 신사라도 다른 사람들하고 같이 산책하게 해주세요. 계속 창밖만 보고 있잖아요."

드로셀마이어 대부가 대답했다.

"그것도 힘들어."

프리츠가 다시 소리쳤다.

"그럼 아이들을 내려오게 해주세요. 좀 더 자세히 보고 싶단 말이에요."

드로셀마이어 대부가 마침내 언짢은 듯 말했다.

"안 된다고 하지 않니. 기계 장치는 한 번 만들어지면 다르게 조작할 수가 없는 거란다."

그러자 프리츠가 느릿한 말투로 물었다.

"네-에? 다 안 된다고요? 드로셀마이어 대부님, 성안에 있는 인형들이 아무리 멋져도 똑같은 일밖에 할 줄 모른다면, 별로 쓸모가 없잖아요. 특별히 갖고 놀고 싶은 마음도 생기지 않아요. 제 경기병들을 칭찬해 줘야겠어요. 제가 시키는 대로 움직일 수 있고 성안에 갇혀 있지도 않으니까요."

그 말과 함께 프리츠는 경기병들이 놓인 탁자로 달려갔다. 그러고는 은빛 말을 탄 경기병 중대를 마음껏 이리저리 달리게 하거나 방향을 바꾸고 대포를 쏘게 하면서 한참 동안 실컷 가지고 놀았다.

마리도 성안에서 똑같은 일만 되풀이하는 인형들에 싫증이 나서 잠시 후 살며시 자리를 떴다. 그러나 마리는 워낙 예의 바른 아이였으므로 프리츠 오빠처럼 겉으로 짜증을 드러내지는 않았다.

드로셀마이어 대부는 화가 난 듯 아이들의 부모에게 말했다.

"이런 예술 작품은 철없는 아이들에게 줄 것이 못되는 것 같군요. 이 성은 도로 가져가야겠어요!"

그러자 아이들의 어머니가 다가와 드로셀마이어 대부에게 성의 내부 구조와 작은 인형들을 작동시키는 아주 멋지고 독창적인 장치를 보여 달라고 부탁했다. 드로셀마이어 대부는 성을 완전히 분해했다가는 다시 조립했다. 그러는 사이 대부는 다시 기분이 좋아졌고, 아이들에게 선물로 갈색의 사랑스러운 남자 인형과 여자 인형 몇 개를 주었다. 인형들의 얼굴, 손, 다리는 황금빛이었다. 또 모두 생강 과자로 만들어져 달콤하고도 무척 향긋한 냄새가 났다. 인형 선물을 받은 프리츠와 마리도 기분이 몹시 좋아졌다.

큰딸 루이제는 어머니가 말하는 대로 선물로 받은 예쁜 드레스 중 하나를 입어 보았다. 정말로 잘 어울렸다. 마리도 선물로 받은 드레스를 입어 보려고 했지만 새 드레스를 입은 루이제 언니의 모습을 조금 더 바라보고 싶었다. 어머니는 기꺼이 그렇게 하라고 했다.

보호자가 된 마리

사실 마리가 크리스마스 탁자를 떠나지 않으려는 이유는 따로 있었다. 탁자에서 아직 아무도 발견하지 못한 선물이 마리의 눈에 띄었기 때문이었다. 전나무 바로 옆에서 행진하던 프리츠의 경기병들이 출동해 버린 뒤에야 정말로 멋진 조그만 인형이 모습을 드러냈다. 마치 자기 차례가 되기만을 기다린 것처럼 조용하고 겸손하게 서 있었다.

사실 인형의 모습은 그리 썩 마음에 들지 않았다. 길고 튼튼한 상체에 어울리지 않게 다리는 짧고 가늘었으며 머리는 지나치

게 커서 무거워 보였기 때문이다.

 하지만 멋진 옷차림이 그러한 생각을 확 바꿔 놓았다. 근사한 옷 덕분에 인형은 세련되고 예의 바르게 보였다. 인형은 하얀 술과 단추가 잔뜩 달려 있는 멋진 자줏빛 경기병 재킷에, 착 달라붙는 바지를 입고, 아주 멋진 부츠를 신고 있었다. 이렇게 멋진 부츠를 신은 대학생이나 장교는 아마도 없을 것이다. 부츠는 짧고 가느다란 다리에 더할 나위 없이 잘 어울렸다. 하지만 등 뒤에 걸친 폭이 좁고 허술한 나무 망토와 머리에 쓴 광부 모자는 매우 우스꽝스러워 보였다.

 그러나 마리는 드로셀마이어 대부도 우스꽝스러운 외투를 걸치고 이상한 모자를 쓰고 다니지만 좋은 분이라는 사실을 잘 알고 있었다. 또한 대부가 이 조그만 인형처럼 멋지게 차려입어도 이만큼 멋져 보이지는 않을 거라고 생각했다. 마리는 처음 본 순간부터 이 인형이 마음에 들었다. 보면 볼수록 부드럽고 다정해 보이는 얼굴이었다. 툭 튀어나온 연초록빛 눈동자는 아주 선하고 다정해 보였고, 턱 주변에 하얀 면사로 만든 단정한 수염도 잘 어울렸다. 흰 수염은 새빨간 입술이 짓는 미소를 그만큼 더욱 돋보이게 만들어 주었다.

"아!"

마리가 탄성을 질렀다.

"아빠! 전나무에 놓여 있는 저 작은 인형은 누구 거예요?"

아버지가 대답했다.

"그 인형은 너희 모두를 위해서 열심히 일해 줄 거란다. 단단한 호두를 손쉽게 까줄 거야. 그러니 이건 루이제 것이기도 하고 너랑 프리츠 것이기도 하단다."

아버지가 조심스럽게 인형을 집어 들고 나무로 된 외투를 높이 쳐들자, 인형의 입이 벌어지더니 하얗고 날카로운 두 줄의 이가 드러났다. 마리가 아버지의 말대로 호두 하나를 인형의 입 안에 집어넣자, "딱" 소리와 함께 인형이 호두를 깨물었다. 호두 껍데기가 부서져서 바닥에 떨어졌고 마리의 손에는 고소한 알맹이만 남았다.

이제 마리를 비롯한 모든 아이들은 그 작고 멋진 인형이 호두까기 인형 가문 출신으로, 조상의 가업을 이어가고 있다는 것을 확실히 알게 되었다.

마리가 즐거운 비명을 지르자 아버지가 말했다.

"마리야, 호두까기 인형이 그렇게 마음에 들면 네가 앞으로 특별히 잘 보살펴 주도록 하렴. 아까 말했듯이 그 인형은 루이제하고 프리츠 것이기도 하지만 말이야!"

마리는 곧바로 호두까기 인형을 품에 안고 호두를 까게 했다. 하지만 가장 작은 호두만 골라서 넣었다. 입을 크게 벌린 모습이 별로 멋있어 보이지 않았기 때문이다. 루이제가 마리 곁으로 다가왔다. 이제 호두까기 인형은 루이제를 위해서도 호두를 까야 했다. 하지만 변함없이 미소를 짓고 있는 것으로 보아 호두까기 인형은 전혀 개의치 않는 것 같았다.

그 사이 말을 타고 경기병들을 훈련시키면서 노는 데 싫증이 난 프리츠가 루이제와 마리가 호두를 까면서 즐거워하는 소리를 듣고 재빨리 달려왔다.

프리츠도 호두가 먹고 싶었다. 호두까기 인형은 쉴 새 없이 세 아이 손을 왔다 갔다 하며 호두를 까야 했다. 프리츠는 가장 크고 단단한 호두만 골라서 호두까기 인형의 입에 넣었다. 그런데 갑자기 "탁" 하는 소리가 울려 퍼지더니 호두까기 인형의 입에서는 작은 이 세 개가 떨어져 나왔고, 아래턱 전체는 헐거워져 흔들거렸다.

마리가 프리츠의 손에서 호두까기 인형을 빼앗으며 소리쳤다.

"아, 가엾은 호두까기 인형!"

그러자 프리츠가 말했다.

"바보 멍청이 같은 인형일 뿐이야! 호두까기 인형 주제에 이가 그렇게 약하다니. 자기가 할 일이 뭔지도 모르는 게 분명해. 이리 내, 마리! 내가 먹을 호두를 더 까야 하니까! 나머지 이랑 위턱까지 몽땅 망가져 버려도 알 게 뭐야. 이런 쓸모없는 인형 따위 아무도 신경 안 써."

마리는 눈물을 흘렸다.

"싫어! 싫어! 내 사랑스러운 호두까기 인형이야. 오빠한테는 안 줄 거야! 슬픈 표정으로 날 보면서 다친 입을 보여 주고 있잖아! 오빠는 정말 못됐어! 자기 말도 마구 때리고 어떤 병사는 총에 맞아 죽게 했잖아!"

그러자 프리츠가 소리쳤다.

"원래 병정놀이는 그런 법이야. 넌 몰라. 어쨌든 호두까기 인형은 내 것이기도 해! 얼른 이리 내지 못해!"

마리는 점점 세게 흐느끼며 다친 호두까기 인형을 자신의 조그마한 손수건으로 얼른 감쌌다. 부모님이 드로셀마이어 대부와 함께 다가왔다. 섭섭하게도 드로셀마이어 대부는 프리츠의 편을 들었다.

하지만 아버지는 이렇게 말했다.

"나는 분명히 마리더러 호두까기 인형을 잘 보살펴 주라고 말했다. 지금이야말로 호두까기 인형에게 마리의 보살핌이 필요한 때인 것 같구나. 호두까기 인형에 관한 모든 권한은 마리한테 있어. 아무도 간섭할 수 없어.

그건 그렇고 자신의 일을 하다가 다친 자에게 계속 일을 시키려고 하다니, 프리츠 정말 실망스럽구나. 훌륭한 군인이라면 부상당한 병사는 대열에 세우지 않는다는 것쯤은 잘 알 텐데 말이야."

프리츠는 몹시 창피해했다. 그리고 호두나 호두까기 인형에는 더 이상 관심 없다는 듯 탁자 반대편으로 가버렸다. 그곳에는 경기병들이 야전 지휘소를 세우고 있었다.

마리는 호두까기 인형의 빠진 이들을 전부 주워 모았다. 그리고 다친 턱에는 자신의 원피스에서 떼어 낸 예쁜 하얀 리본을 감아 주었다. 가엾게도 조그만 호두까기 인형은 하얗게 겁에 질린 모습이었다. 마리는 더욱 조심스럽게 인형을 손수건으로 감쌌다. 그러고는 마치 아기처럼 품에 안고 다른 선물들과 함께 놓여 있는 예쁜 그림책을 펼쳐 보았다.

드로셀마이어 대부는 마리의 그런 모습을 보고 웃음을 터뜨렸다. 그리고 마리에게 그렇게 못생긴 인형에게 어쩌면 그렇게 다정하게 대해 줄 수 있느냐고 물었다. 그 말을 듣고 평소에는 얌전하기만 한 마리도 화가 났다. 마리는 호두까기 인형을 처음 보았을 때, 이상하게도 드로셀마이어 대부와 비교했던 일이 떠올라 진지하게 말했다.

"대부님, 대부님이 이 호두까기 인형처럼 멋지게 차려입고 반짝반짝 빛나는 부츠를 신는다고 해도 이만큼 멋있어 보이지 않을 수도 있잖아요?"

마리는 부모님이 왜 그렇게 큰 소리로 웃는지 그리고 드로셀마이어 대부가 왜 그렇게 코가 빨개진 채 조금 전처럼 웃지 않는지를 도저히 알 수 없었다. 마리가 모르는 특별한 이유가 있는 모양이었다.

놀라운 사건

 의사 슈탈바움 씨네 집에 들어서면 왼쪽 널찍한 벽에는 유리 문이 달린 커다란 장식장이 놓여 있다. 그 장식장에는 아이들이 매년 선물로 받은 물건들이 선반마다 보관되어 있다. 아버지는 맏이인 루이제가 아주 어렸을 때 솜씨가 뛰어난 목수를 시켜 이 장식장을 만들었다. 목수가 장식장 문에 아주 환한 유리를 끼워 넣어서 장식장 안에 있는 물건은 무엇이든 꺼내서 볼 때보다 더욱 반짝거리고 근사해 보였다.

 마리와 프리츠의 손이 닿지 않는 맨 위 칸에는 드로셀마이어

대부가 만들어 선물한 예술 작품들이 놓여 있었고, 그 바로 아래 칸에는 그림책들이 꽂혀 있었다. 맨 아래 두 칸은 마리와 프리츠가 마음대로 아무 물건이나 넣어 둘 수 있었다. 대개 마리는 맨 아래 칸에 인형들의 집을 만들어 주었고, 프리츠는 그 위 칸을 자기 군대의 주둔지로 삼았다.

이 날도 마찬가지였다. 프리츠가 위 칸에 경기병들을 세워 놓는 동안 마리는 아래 칸에서 트루트헨 아가씨를 옆으로 치우고 멋진 가구들로 꾸며진 방에 새로 선물 받은 인형을 넣어 놓았다. 그런 다음 같이 사탕 과자를 먹으며 놀았다.

멋진 가구들로 꾸며진 방이라고 말하였는데, 그건 정말이었다. 내 이야기를 듣고 있는 혹은 읽고 있는 마리야(슈탈바움 씨네 막내딸 이름이 마리라는 것은 이미 알고 있을 것이다.), 너는 어린 슈탈바움처럼 꽃무늬가 들어간 작은 소파를 가지고 있니? 귀여운 의자들과 우아한 티 테이블은? 그리고 무엇보다 예쁜 인형들이 쉴 수 있는 멋지고 편안한 침대를 갖고 있니? 그 장식장 한쪽 구석에는 이 모든 가구들이 모두 놓여 있었고, 벽에는 알록달록한 작은 그림이 그려진 벽지가 발라져 있었다.

그날 저녁 마리는 새 인형의 이름이 클레르헨이라는 것을 알게 되었어. 너는 클레르헨 아가씨가 이 방에서 아주 편안하게 잘 지낼 수 있으리라 쉬이 짐작할 수 있을 거야.

밤이 깊어 거의 자정이 되었다. 드로셀마이어 대부는 이미 한참 전에 돌아갔다. 이제는 그만 자야 한다는 어머니의 말에도 마리와 프리츠는 장식장 옆에서 떨어질 줄 몰랐다.

마침내 프리츠가 소리쳤다.

"그래, 맞아! 아, 가엾은 녀석들(자신의 경기병들을 가리키는 거였다.)! 얘네들도 쉬고 싶을 거야. 하지만 내가 있으면 아무도 감히 졸 수 없어! 난 그걸 이미 알고 있지!"

프리츠는 그렇게 말하고 자리를 떴지만 마리는 계속 어머니를 졸랐다.

"조금만 더요. 엄마, 아주 조금만 더 여기 있게 해주세요. 해야 할 일이 몇 가지 더 있어요. 그다음에 곧바로 자러 갈게요!"

평소 마리는 이유 없이 떼를 쓰지 않는 얌전한 아이였으므로 어머니는 마리가 장난감들과 조금 더 함께 있을 수 있도록 해주었다.

하지만 어머니는 마리가 새 인형과 멋진 장난감들에 정신이 팔려 혹시라도 장식장 주위에 켜져 있는 촛불들을 끄는 것을 잊어버릴까 봐 거실 천장에 매달려 은은한 빛을 내는 램프 하나만 남겨 두고, 나머지 불들은 모두 꺼버렸다.

"마리, 금방 가서 자야 한다! 안 그랬다가는 내일 늦잠을 자고 말 거야."

거실에 혼자 남게 되자 마리는 아까부터 하고 싶었지만 왠지 어머니에게는 말할 수 없던 일을 재빨리 실행에 옮겼다. 이때까지 마리는 다친 호두까기 인형을 손수건에 싼 채로 품에 안고 있었다. 마리는 조심스럽게 호두까기 인형을 탁자에 내려놓고 손수건을 풀어 다친 곳을 살폈다. 얼굴이 하얗게 질린 채 애처롭고도 다정한 미소를 짓고 있는 호두까기 인형의 모습에 마리는 가슴이 아팠다.

마리가 부드럽게 소곤거렸다.

"아, 가엾은 호두까기 인형아, 프리츠 오빠가 널 아프게 했다고 너무 화내진 말아 줘. 오빠도 그렇게 심하게 할 생각은 없었을 거야. 거친 병정놀이를 하다 보니까 좀 난폭해진 것뿐이야.

원래는 아주 착해. 내가 장담할게. 네가 다 나아서 다시 명랑해질 때까지 내가 널 간호해 줄게. 드로셀마이어 대부님한테 네 조그만 이도 다시 튼튼하게 붙여 주고 어깨도 똑바로 맞춰 달라고 할 거야. 대부님은 그런 일에 전문가시거든."

하지만 마리는 말을 끝마칠 수가 없었다. 마리가 드로셀마이어 대부의 이름을 말하는 순간 호두까기 인형의 얼굴이 지독하게 일그러지면서 두 눈이 푸르스름하게 빛났기 때문이었다. 마리가 놀라서 다시 한 번 똑바로 바라보자 여전히 슬픈 미소를 짓고 있었다. 마리는 바람에 램프의 불빛이 흔들려서 순간 호두까기 인형의 얼굴이 일그러져 보였다는 사실을 깨달았다.

"아이참, 나도 바보 같아. 나무 인형의 얼굴 표정이 변할 수 있다고 생각하다니. 하지만 난 호두까기 인형이 정말로 좋아. 우스꽝스럽게 생겼으면서도 이렇게 다정하니까 말이야. 그래서 내가 잘 간호해 줘야 해!"

마리는 호두까기 인형을 안고 유리 장식장 앞에 쪼그려 앉아 새 인형에게 말했다.

"클레르헨 아가씨, 제발 부탁이에요. 다쳐서 아픈 호두까기 인형에게 침대를 양보해 주고 소파에서 자면 안 될까요? 클레르헨 아가씨는 아주 건강하고 힘이 넘치잖아요. 그렇지 않다면 두 뺨이 그렇게 통통하고 붉을 리 없어요. 그리고 아무리 예쁜 인형이라도 이렇게 푹신푹신한 소파를 가진 인형은 별로 없다는 걸 잊지 마세요."

크리스마스를 맞아 번쩍이는 크리스마스 파티복 차림을 하고 있던 클레르헨 아가씨는 무척 고상해 보였다. 하지만 화가 난 듯 한마디도 하지 않았다.

마리가 말했다.

"아, 내가 이렇게까지 예의 차릴 건 뭐야."

마리는 침대를 꺼내 조심스럽게 호두까기 인형을 눕히고는 예쁜 리본으로 덮어 주었다. 평소에는 자신의 허리에 두르는 리본인데, 이번에는 호두까기 인형의 다친 어깨에 매주고 코까지 잘 덮어 주었다.

"버릇없는 클레르헨 옆에 두어서는 안 돼."

마리는 호두까기 인형이 누워 있는 침대를 꺼내서 장식장 위 칸에 올려놓았다. 그래서 호두까기 인형이 누워 있는 침대는 프리츠의 경기병들이 주둔하고 있는 아름다운 마을 바로 옆에 놓이게 되었다.

마리는 장식장 문을 닫고 침대로 가려고 했다. 그때 난로 뒤에서, 의자 뒤에서, 장식장 뒤에서, 사방에서 바스락거리는 소리와 소곤대며 술렁이는 소리가 들려왔다. 벽시계의 바늘 소리가 점점 커졌지만 종소리를 울리지는 못했다.

마리가 위를 올려다보니, 금박을 입힌 큰 부엉이가 매부리코의 못생긴 얼굴을 앞으로 쑥 내밀고 벽시계 위에 앉아 날개를 늘어뜨려 시계를 완전히 감싸고 있었다. 부엉이의 소리가 무슨 말인지 알아들을 수 있을 정도로 점점 커졌다.

시계는 똑딱똑딱!

시계는 똑딱똑딱!

모두들 조용히 노래해야 해. 아주 조용히.

생쥐 왕은 귀가 아주 밝단다.

톡탁, 톡탁!

시계 종을 울리렴.

그러면 생쥐 왕은 끝장이란다.

그러자 "댕댕" 하고 벽시계가 열두 번의 종소리를 울렸다. 마리는 몸이 덜덜 떨렸다. 드로셀마이어 대부가 노란 상의의 양쪽 옷자락을 마치 날개처럼 길게 늘어뜨리고 부엉이 대신 벽시계에 앉아 있는 것을 보지 않았다면 겁에 질린 채 달아날 뻔했다.

마리는 마음을 다부지게 먹고 울먹이며 소리쳤다.

"드로셀마이어 대부님! 그 위에서 뭐 하시는 거예요? 절 그만 겁주고 어서 내려오세요. 대부님은 정말 못됐어요!"

그런데 그때 미친 듯 깔깔대며 웃는 소리와 휘파람 소리가 사방에서 들려오기 시작했다. 곧이어 수없이 작은 발들이 벽 뒤에서 걷고 뛰는 소리가 들리는 듯하더니, 수없이 많은 작은 불빛들이 마룻바닥의 틈새로 새어 나왔다. 하지만 그것은 반짝이는 촛불이 아니라 바로 번뜩이는 작은 눈들이었다! 마리는 사방에서 생쥐가 두리번거리며 기어 나오려 하고 있음을 깨달았다.

곧이어 "타닥타닥" "콩콩" 하는 소리가 거실을 가득 채웠다. 점점 더 많아진 생쥐들은 떼를 지어 몰려와 줄과 열을 맞춰 가지런히 늘어섰다. 마치 프리츠가 전투에 내보내기 위해 병사들을 늘어세울 때의 모습 같았다.

마리는 그 모습이 너무나 재미있어 보였다. 사실 마리는 다른 아이들과 달리 쥐를 싫어하지 않았다. 처음에 느꼈던 무서움은 어느새 사라져 버렸다. 그런데 갑자기 어디선가 엄청나게 날카로운 휘파람 소리가 들려왔다. 마리는 온몸이 덜덜 떨렸다.

마리의 눈앞에 어떤 광경이 펼쳐졌을까?

사랑하는 나의 어린 독자, 프리츠야, 너도 분명히 현명하고 용감한 장군인 프리츠 슈탈바움처럼 강한 심장을 갖고 있다는 것을 알고 있단다. 하지만 마리가 본 광경을 네가 보았더라면 아마도 걸음아 날 살려라 하고 도망쳤을 거란다. 아니면 황급히 침대에 뛰어들어 머리끝까지 이불을 뒤집어썼을지도 모른다.

아, 하지만 가엾은 마리는 그렇게 할 수도 없었어. 왜 그랬는지 한번 들어보지 않겠니.

어떤 비밀스러운 힘에 의해서인 듯 마리의 발치에서 모래와 석회 그리고 부서진 벽돌 조각이 솟구쳤다. 그러고는 번쩍이는 왕관 일곱 개를 쓴, 일곱 개의 머리가 무섭게 "쉿쉿" 소리를 내며 바닥에서 튀어나왔다. 곧이어 머리 일곱 개가 붙어 있는 생쥐 몸통도 완전히 바닥에서 빠져나왔다. 일곱 개의 다이아몬드가 박힌 왕관을 쓴 커다란 생쥐 왕이 모습을 드러내자 생쥐 군대가 일제히 환호하며 맞이했다. 생쥐 군대는 큰 소리로 찍찍대며 만세 삼창을 하더니 갑자기 다 함께 전진하기 시작했다. "타닥타닥" 발걸음 소리를 내면서 장식장의 유리문 앞에 바짝 붙어 서 있는 마리를 향해 다가왔다.

겁에 질린 마리는 심장이 마구 두근거렸다. 심장이 터져서 죽을지도 모른다는 생각까지 들었다. 그러다 이제는 몸 안의 피가 얼어 버린 느낌이 들었다. 마리는 반쯤 정신이 나간 채 뒷걸음질을 쳤다. 이때 "끼익" "쨍그랑" 하며 장식장 유리가 깨지는 소리가 들렸다. 마리의 팔꿈치에 눌려서 유리가 깨진 것이었다.

그 순간 마리는 왼팔에서 날카로운 아픔을 느꼈지만 심장은 훨씬 편안해졌다. 더 이상 쉭쉭거리고 찍찍거리는 소리가 들리지 않고 주위는 무척 조용해졌다. 하지만 어찌된 일인지 직접 확인해 보고 싶지는 않았다. 다만 생쥐들이 장식장 유리가 깨지는 소리에 놀라서 쥐구멍 속으로 들어가 버렸을 거라고 생각했다.

그런데 이게 어찌된 일일까?

마리 바로 뒤 장식장에서 또 이상한 소리가 들려왔다. 이번에는 아주 고운 목소리였다.

기상! 기상! 전쟁터로 나가자!

이 밤이 새기 전에

기상! 기상! 전쟁터로 나가자!

이와 동시에 우아한 종소리가 화음을 이루며 울려 퍼졌다.

"아, 이건 내 작은 방울 종들이 내는 소리잖아."

마리는 이렇게 외치고는 옆으로 비켜섰다. 장식장 안에서 이상한 불빛이 흘러나왔다. 누군가가 여기저기 바쁘게 움직이고 있었다. 가느다란 팔을 휘두르며 우왕좌왕 분주히 움직이는 것은 바로 인형들이었다.

그러자 갑자기 호두까기 인형이 벌떡 일어나 앉더니 이불을 제치고 침대 밖으로 튀어나오며 소리쳤다.

탁! 탁!

바보 같은 생쥐 떼들,

탁탁! 정말 못 말리는 바보들이야.

호두까기 인형은 조그만 칼을 뽑아 허공에 대고 휘두르면서 소리쳤다.

"친애하는 부하들이여, 친구며 형제들이여, 이 험난한 전투에서 나와 함께 싸워 주겠소?"

그러자 스카라무슈(까만 의상을 입고 항상 기타를 들고 다니는 비굴하면서도 허풍 떠는 익살꾼) 셋과 판탈로네(이탈리아 즉흥극에 나오는 의심이 많고 자랑을 일삼는 구두쇠) 하나, 굴뚝 청소부 넷, 치터(독일, 오스트리아에서 애용되는 민족 악기) 연주가 둘, 북 치는 병사 하나가 곧바로 외쳤다.

"네, 대장님! 충성을 다할 것을 맹세합니다. 죽음과 전투, 승리까지 대장님과 함께하겠습니다!"

열의에 찬 호두까기 인형이 장식장에서 용감하게 뛰어내리자 모두들 뒤따랐다. 하지만 사실 굳이 뛰어내릴 필요는 없었다.

인형들이 비단을 비롯해 값비싼 천으로 된 옷을 입고 있기도 했지만 안이 지푸라기나 솜으로 채워져 있어서 양털 주머니처럼 가볍게 착지할 수 있었기 때문이었다. 하지만 가엾은 호두까기 인형은 팔이나 다리가 부러질 수도 있는 아찔한 상황이었다. 장식장에서 바닥까지는 60센티미터나 되는데다가 호두까기 인형의 몸은 보리수나무를 깎아서 만든 것처럼 뻣뻣했기 때문이다. 호두까기 인형이 뛰어내린 순간 클레르헨 아가씨가 소파에서 벌떡 일어나 부드러운 두 팔로 받아 주지 않았더라면 분명히 팔과 다리가 부러졌을 것이다.

"아, 착한 클레르헨 아가씨."

마리가 훌쩍거렸다.

"내가 아가씨를 오해했군요! 착한 마음씨를 가졌기에 호두까기 인형에게 기꺼이 침대를 내준 것일 텐데 말이에요!"

클레르헨 아가씨는 비단으로 된 가슴에 젊은 용사를 꼭 껴안았다.

"대장님, 아픈 몸으로 이런 위험한 전투를 벌이시는 건 무리예요. 용감한 부하들이 승리를 위해 몰려들었어요. 스카라무슈,

판탈로네, 굴뚝 청소부, 치터 연주가, 북 치는 병사도 벌써 저 아래에 와 있어요. 나랑 같은 칸에 있는 속담 인형들도 몸을 들썩이며 동요하고 있어요! 대장님은 내 품에 안겨 편안히 쉬세요. 깃털 달린 내 모자에 올라가서 부하들이 승리를 거두는 모습을 지켜보셔도 좋아요."

하지만 호두까기 인형이 심하게 발버둥을 쳐서 클레르헨 아가씨는 호두까기 인형을 장식장 바닥에 내려놓을 수밖에 없었다. 호두까기 인형이 예의 바르게 한쪽 무릎을 꿇고 말했다.

"오, 아가씨, 전투 중에도 아가씨의 친절과 은혜를 잊지 않겠습니다!"

클레르헨 아가씨는 몸을 숙여 호두까기 인형의 가느다란 팔을 붙잡고 부드럽게 일으켜 세웠다. 그러고는 번쩍이는 장식이 잔뜩 달린 허리띠를 풀어 호두까기 인형의 목에 둘러 주려고 했다. 하지만 호두까기 인형은 두 발짝 뒤로 물러서더니 가슴에 한 손을 얹고 매우 진지하게 말했다.

"그러지 마십시오, 아가씨. 나에게 그런 은혜를 베풀지 않으셔도 됩니다."

호두까기 인형은 잠시 머뭇거리더니 숨을 깊이 들이쉬었다. 그러고는 마리가 어깨에 매준 리본을 풀어서 입을 맞추고 마치 장교들이 하는 장식 띠처럼 어깨에 그 리본을 둘렀다. 그리고 용감하게 칼을 휘두르면서 조그만 새처럼 재빠르게 장식장의 턱을 넘어 거실 바닥으로 내려갔다.

넌 이미 눈치챘을 거야. 살아 움직이게 된 호두까기 인형이 마리가 자신에게 베풀어 준 사랑과 호의를 분명히 느꼈다는 걸 말이야.

클레르헨 아가씨의 리본은 대단히 반짝이고 예뻤지만, 마리의 다정한 마음을 느낀 호두까기 인형은 그것을 받으려고 하지 않았어. 충직한 호두까기 인형은 마리가 준 소박한 리본으로 장식하는 것이 훨씬 더 마음에 들었거든.

자, 이제 무슨 일이 벌어질까?

호두까기 인형이 바닥으로 내려가자 찍찍거리는 소리가 다시 들려오기 시작했다. 맙소사! 큰 탁자 아래에는 셀 수도 없이 많은 생쥐들이 우글거리고 있었고, 그 위로 머리가 일곱 개 달린 괴상망측하게 생긴 생쥐가 우뚝 서 있었다!
 이제 어떤 일이 일어날까?

전투

 "충성스런 부하, 북 치는 병사여, 행진곡을 연주하라!"
 호두까기 인형이 외쳤다. 북 치는 병사는 곧바로 멋들어지게 북을 연주했다. 장식장 유리가 덜덜 떨릴 정도였다. 그리고 장식장 안에서 무언가 툭탁대는 소리가 들렸다. 프리츠의 병사들이 주둔해 있던 상자들의 뚜껑이 들썩이는가 싶더니 이내 힘차게 열리며 병사들이 장식장 맨 아래 칸으로 뛰어내렸다. 병사들은 그곳에서 가지런히 정렬했다.
 호두까기 인형은 군대를 향해 열정적으로 외치며 앞뒤로 왔다

갔다 했다.

"트럼펫 부는 병사라도 그 자리에서 움직이지 마라!"

호두까기 인형이 화를 내며 소리쳤다. 그러고는 창백하게 질린 얼굴로 코를 덜덜 떨고 있는 판탈로네 쪽으로 재빨리 돌아선 후 정중하게 말했다.

"장군, 자네의 용감함과 노련함은 익히 알고 있네. 지금은 재빨리 상황을 파악해서 순간적으로 기회를 포착하는 게 중요하다네. 나는 자네에게 모든 기병대와 보병대의 지휘를 맡기겠네. 자네는 말이 필요 없겠군. 긴 다리로 재빨리 달릴 수 있을 테니까. 자, 그럼 자네가 맡은 임무를 수행해 주기 바라네."

판탈로네는 그 즉시 기다란 손가락을 입에 대고 휘파람을 불었다. 마치 백 개의 트럼펫을 신나게 불어 대는 것처럼 "쩌렁쩌렁" 울려 퍼졌다. 장식장 안에서 말이 울부짖으며 발로 땅을 차는 소리가 들려왔다.

자, 그리고 무슨 일이 벌어졌는지 보라. 프리츠의 기마병들과 용기병(무장한 기마병)들뿐만 아니라 번쩍이는 새 경기병들까지 진군해 와서 거실 바닥에 멈춰 섰다.

병사들은 연대별로 휘날리는 군기를 들고서 울려 퍼지는 음악 소리에 맞춰 호두까기 인형 앞을 행진하더니 거실 바닥에 줄과 열을 맞추어 섰다. 프리츠의 포병들은 "철거덕" 소리와 함께 대포를 쏘았다. 마리는 알사탕 공격을 받은 생쥐 떼가 하얀 가루를 뒤집어쓰고 창피해하는 모습을 보았다. 하지만 생쥐들에게 가장 큰 피해를 입힌 것은 중무장한 포병대였다. 포병대는 마리의 어머니가 쓰는 발판에 올라가 쿵쾅거리면서 연거푸 생강 과자를 쏘아 생쥐들을 쓰러뜨렸다.

　그럼에도 불구하고 생쥐들은 점점 가까이 다가왔고 포병대의 대포 몇 개를 빼앗기까지 했다. 쾅쾅거리는 소리와 함께 연기가 자욱하게 퍼져서 마리는 무슨 일이 벌어지고 있는지 볼 수 없었다. 하지만 한 가지는 확실했다. 모두들 온 힘을 다해 싸우고 있어서 승부가 쉽게 판가름 나지 않으리라는 것이다. 생쥐들의 숫자는 점점 늘어났다. 게다가 생쥐들이 던진 작은 은색 구슬이 장식장까지 들어갔다. 클레르헨 아가씨와 트루트헨 아가씨는 겁에 질려 우왕좌왕하면서 조그만 손에 상처가 나도록 비벼 댔다.

클레르헨 아가씨가 소리쳤다.

"아, 이렇게 꽃다운 나이에 죽어야 하다니 말도 안 돼! 난 세상에서 제일 예쁜 인형인데!"

트루트헨 아가씨도 소리쳤다.

"이렇게 사방이 벽으로 둘러싸인 채 죽으려고 지금까지 곱게 지내 온 걸까!"

두 인형은 서로 껴안고 서럽게 울기 시작했다. 그 소리가 너무 커서 정신없는 전투가 한창인 와중에도 들릴 정도였다.

이 이야기를 듣고 있는 너희들은 지금 일어나고 있는 광경을 보더라도 아무것도 이해할 수 없을 거다.

"우르릉 쾅쾅, 탁탁탁, 꽝! 쿵!"

모든 것이 엉망진창이었다! 그 속에서 생쥐 왕과 생쥐들은 찍찍거리며 날카로운 소리를 질러 댔고, 호두까기 인형은 천둥같이 쩌렁쩌렁한 목소리로 명령을 내렸다. 또 호두까기 인형이 사격 중인 중대 사이를 바쁘게 오가는 모습도 보였다.

판탈로네의 기병대들은 멋진 공격으로 몇 차례 승리를 거두었다. 하지만 프리츠의 경기병들은 생쥐 포병대가 쏘는 지저분하고 냄새 나는 총알 세례를 받았다. 총알을 맞은 빨간 윗도리에 지저분한 얼룩이 생기자 경기병들은 좀처럼 앞으로 나아가려고 하지 않았다.

 판탈로네는 경기병들에게 왼쪽으로 방향을 틀라고 명령했다. 그런데 지휘에 너무 열중한 판탈로네가 자신마저 왼쪽으로 도는 바람에 기마병들과 용기병들까지 전부 왼쪽으로 돌아 집으로 돌아가 버렸다. 그 때문에 발판에 자리 잡은 포병대가 위험에 빠지고 말았다. 결국 얼마 안 가 꼴사나운 생쥐 떼들이 몰려와 포병대와 대포가 있는 발판을 강하게 밀어붙여 쓰러뜨려 버렸다. 호두까기 인형은 매우 당황하여 오른쪽에 있는 병사들에게 후퇴하라고 명령했다.

 프리츠처럼 병정놀이를 자주 해본 사람이라면 잘 알 거야. 그 명령은 도망치라는 명령과 똑같다는 것을. 너는 이미 마리가 사랑하는 작은 호두까기 인형 부대에 이런 불행이 닥쳐 와 슬퍼하고 있구나. 하지만 슬픔은 잠시 덮어 두고 호두까기 인형 군대의 왼쪽 부대를 보렴. 왼쪽 부대는 아직 아무런 문제없이 돌아가고 있으니, 장군을 비롯한 그 부대에 큰 기대를 걸어 볼 수 있을 거다.

　전투가 가장 치열하게 벌어지던 때에 서랍장 밑에서 생쥐 기병대가 살금살금 기어 나왔다. 생쥐들은 큰 소리로 찍찍거리며 호두까기 인형의 왼쪽 부대를 향해 달려들었지만 격렬한 저항에 부딪히게 되었다.

　장식장 턱을 지나야 하는 지형적인 어려움에도 문장(紋章)이 들어간 덧옷을 입은 속담 인형 대대가 두 중국 황제의 지휘 아래 진군해 오더니 전투 대형으로 정렬했다. 용감하고도 다채로운 이 멋진 대대는 수많은 정원사들을 비롯해, 티롤 사람들(이탈리아 쥐트티롤 지방의 사람들), 퉁구스족(동부 시베리아, 북만주 등지에 분포한 몽고계의 한 종족), 이발사들, 어릿광대들, 큐피드들, 사자들, 호랑이들, 원숭이들, 긴꼬리원숭이들로 구성되어 있었다.

　모두 용맹하고 침착하며 지칠 줄 모르는 끈기로 싸웠다. 스파르타인 같은 용맹함을 보여 준 이 대대는 적군을 무찌르고 승리를 거두었을 게 틀림없었다. 적군의 기마 대장이 앞뒤 가리지 않고 돌진해 와서 중국 황제 중 한 명의 머리를 물어뜯지 않았다면 말이다. 그리고 그 황제가 쓰러지면서 두 명의 퉁구스족과

긴꼬리원숭이 한 마리를 죽이지 않았더라면 말이다. 이때 생긴 빈틈으로 적군이 뚫고 들어와 대대 전체가 생쥐들에게 물어뜯겼다.

하지만 이런 포악한 공격은 적군에게도 큰 이득이 되지 않았다. 생쥐 기마병 하나가 앞뒤 가리지 않고 살벌하게 달려들어 아군 병사의 몸통 한가운데를 물어뜯는 순간 속담이 적힌 쪽지가 목에 박혀서 곧바로 죽고 말았다.

이 일이 호두까기 인형 부대에게 과연 도움이 될 수 있을까 싶었지만, 한 번 후퇴하기 시작한 호두까기 인형 부대는 자꾸만 더 물러나게 되었고, 점점 더 많은 병사들을 잃게 되었다. 가엾은 호두까기 인형은 소수의 병사들만 거느린 채 장식장 바로 앞까지 물러섰다.

호두까기 인형은 유리 장식장 안에서 새로운 군대가 조직되기를 바라면서 소리쳤다.

"예비군들은 모두 앞으로! 판탈로네와 스카라무슈와 북 치는 병사는 어디 있느냐?"

그러자 정말로 생강 과자로 만들어진 갈색의 남자들과 여자들

몇 명이 앞으로 나왔다. 모두들 황금빛 얼굴에 황금빛 모자와 투구를 쓰고 있었는데, 하나같이 실력이 형편없었기 때문에 적군을 하나도 쓰러뜨리지 못했다. 오히려 지휘관인 호두까기 인형의 모자를 쳐서 떨어뜨릴 뻔했다. 심지어 적군의 추격병들에게 다리를 물어뜯긴 병사들이 쓰러지면서 호두까기 인형의 전우들 몇 명을 죽이기까지 했다.

이제 적에게 완전히 둘러싸이게 된 호두까기 인형은 엄청난 공포와 두려움에 떨었다. 호두까기 인형은 장식장으로 훌쩍 뛰어오르고 싶었지만 그러기에는 다리가 너무 짧았다. 클레르헨 아가씨와 트루트헨 아가씨는 정신을 잃고 쓰러져서 호두까기 인형을 도와줄 수 없었다. 경기병들과 용기병들은 호두까기 인형을 지나쳐 장식장 안으로 달려 들어갔다. 호두까기 인형은 절망에 빠져 소리쳤다.

"말! 말을 다오! 그 말과 내 왕국이라도 바꾸겠다(셰익스피어 〈리처드 3세〉에서 나온 대사다.)!"

바로 그때 적군의 저격병 둘이 호두까기 인형의 나무로 된 망토를 붙잡았다. 생쥐 왕은 승리감에 들떠 일곱 개의 목에서 찍찍거리는 소리를 내며 돌진해 왔다.

마리는 더 이상 보고 있을 수만은 없었다.

"아, 가엾은 내 호두까기 인형! 가엾은 내 호두까기 인형!"

마리는 흐느끼면서 자신도 모르게 왼쪽 실내화를 잽싸게 벗어 생쥐 떼가 가장 우글우글 몰려 있는 곳 가운데 생쥐 왕을 향해서 힘껏 던졌다! 그 순간 모든 것이 희미해지고 퍼져 나가는 것처럼 보였다. 곧 마리는 왼팔에 심한 통증을 느끼면서 정신을 잃고 쓰러졌다.

병이 난 마리

 죽은 듯 잠자던 마리가 깨어났을 때 마리는 자신의 작은 침대에 누워 있었다. 성에가 낀 창문으로 환한 햇살이 방을 비추고 있었다. 마리의 침대 곁에는 낯선 사람이 앉아 있었다. 마리는 곧 그 사람이 외과 의사인 벤델슈테른 선생님이라는 것을 알아보았다. 선생님은 나직하게 말했다.

"이제 깨어났네요."

어머니가 몹시 걱정스러운 얼굴로 다가와 마리를 살펴보았다.

"아, 엄마, 끔찍한 생쥐들은 전부 가버렸죠? 호두까기 인형도 무사한 거죠?"

"마리야, 그게 무슨 말도 안 되는 소리니! 생쥐랑 호두까기 인형하고 무슨 상관이 있니? 이런 장난꾸러기 같으니, 너 때문에 다들 얼마나 걱정했는지 모른단다. 엄마 아빠 말을 안 듣고 자기 마음대로 하면 그렇게 되는 거야.

 넌 어젯밤에 너무 늦게까지 인형들을 갖고 놀았단다. 잠이 쏟아지는데다 평소엔 보이지 않던 생쥐가 튀어나오는 바람에 깜짝 놀랐던 모양이더구나. 그러다 팔꿈치로 장식장을 쳤고 유리가 깨져 팔을 깊이 베였단다. 벤델슈테른 선생님이 그러시는데 상처가 아주 깊었다는구나. 선생님이 상처에 박힌 유리 조각들도 빼주셨단다. 유리 조각에 혈관이 잘렸다면, 팔을 제대로 굽힐 수 없게 되거나 피를 많이 흘려 하마터면 죽을 뻔했대.

 자정 무렵에 엄마가 깨났을 때도 네가 보이지 않아 거실로 가 보았으니 천만다행이었지. 너는 장식장 바로 옆에 쓰러져 있었어. 피를 얼마나 많이 흘렸던지. 엄마도 깜짝 놀라서 정신을 잃을 뻔했단다. 네 주변에는 납으로 된 프리츠의 병정들과 다른 인형들, 부서진 속담 인형들이며 생강 과자 인형들이 잔뜩 흩어져 있었어. 호두까기 인형은 피가 흐르는 네 팔 위에 놓여 있었고, 거기서 얼마 떨어지지 않은 곳에 네 왼쪽 실내화가 벗겨져 있었단다."

그때 마리가 끼어들었다.

"아, 엄마! 그건 인형들이랑 생쥐들이 치열한 전투를 벌인 흔적이에요. 생쥐들이 인형들을 지휘하던 호두까기 인형을 붙잡으려고 했기 때문에 깜짝 놀랐던 거예요. 그래서 내 실내화를 생쥐들한테 던졌는데, 그다음에는 어떻게 됐는지 모르겠어요."

선생님은 마리의 어머니에게 한쪽 눈을 찡긋해 보였다. 어머니는 마리에게 부드러운 목소리로 말했다.

"마리, 그 이야기는 이제 그만 하자꾸나. 생쥐들은 전부 물러갔고 호두까기 인형도 무사해. 건강하고 씩씩하게 장식장 안에 서 있단다."

그때 마리의 아버지가 방으로 들어와 선생님과 한동안 이야기를 나누었다. 그리고 나서 아버지는 마리의 맥을 짚어 보았다. 마리의 귀에 창상 열(칼이나 창 따위에 베었을 때 나는 열)이라는 말이 들려왔다.

마리는 팔이 조금 불편한 것만 빼면 하나도 아프지 않았는데도 계속 침대에 누워 있으면서 약을 먹어야 했다. 그렇게 며칠이 지났다. 마리는 호두까기 인형이 전투에서 무사히 구출된 것을 알고 있었다. 호두까기 인형이 분명하면서도 애절한 목소리로 때때로 자신에게 했던 말이 마리에게는 마치 꿈속에서 들은 것처럼 느껴졌다.

"친애하는 마리 아가씨, 아가씨한테 큰 빚을 졌군요. 하지만 아가씨는 저를 위해 더 많은 것을 해주실 수 있습니다."

마리는 그 말이 대체 무슨 뜻인지 아무리 곰곰이 생각해 봐도 알 수가 없었다.

마리는 팔을 다쳐서 전혀 놀지 못했다. 책을 읽거나 그림책을 훑어보려고만 해도 머리가 어질어질해져서 그만두어야만 했다.

시간이 너무도 천천히 흐르는 것처럼 느껴졌다. 마리는 해가 저물기만을 손꼽아 기다렸다. 저녁이 되면 어머니가 마리의 침대 곁에 앉아서 재미있는 책을 읽어 주거나 이야기를 들려주었기 때문이다. 어머니가 파갈딘 왕자에 대한 황홀한 이야기를 거의 다 읽어 주었을 때였다. 방문이 열리더니 드로셀마이어 대부가 들어왔다.

"마리가 다쳐서 아프다기에 어떤지 보려고 이렇게 왔지."

노란 외투를 입은 드로셀마이어 대부를 보자, 마리는 지난 밤 호두까기 인형이 생쥐들과 벌인 전투가 생생하게 떠올라 자신도 모르게 소리쳤다.

"드로셀마이어 대부님, 정말 너무하셨어요. 대부님이 옷자락으로 벽시계를 덮고 그 위에 앉아 있는 걸 봤단 말이에요. 대부님이 그 위에 앉아 있어서 종이 울리지 못한 거예요. 안 그랬다면 시계 종소리에 생쥐들이 놀라서 달아났을 텐데. 대부님이 생쥐 왕을 부르는 소리를 분명히 들었어요!

왜 호두까기 인형이랑 저를 도와주지 않으셨어요? 드로셀마이어 대부님, 정말 너무하세요. 제가 이렇게 다쳐서 누워 있는 것도 전부 대부님 때문이잖아요?"

어머니가 깜짝 놀라며 물었다.

"마리, 너 대체 왜 그러니?"

그러나 드로셀마이어 대부는 이상한 표정을 지으면서 콧소리 섞인 단조로운 음성으로 말했다.

시계추는 똑딱똑딱

그러고 싶진 않았지만,

시계추는 똑딱똑딱 조용히 움직여야 했지.

시계추야, 시계추야.

시계추는 노래를 불러야 했지. 조용하게 노래를 불러야 했지.

종소리가 큰 소리로 울려 퍼졌네.

쿵! 땡땡!

인형 아가씨, 걱정하지 말아요.

얼른 달려가서 종을 울려요.

종이 울리네, 종이 노래하네.

오늘 밤 생쥐 왕을 몰아내기 위해서

이제 부엉이가 재빨리 날아와 부리로 콕콕 쪼아대네.

종소리가 울려 퍼지네.

시계추야, 시계추야.

노래를 불러라, 노래를 불러라.

시계추는 노래를 불러야 했지.

조용히 아주 조용히 노래를 불러야 했지.

마리는 입을 떡 벌린 채 드로셀마이어 대부를 쳐다보았다. 대부는 평소와 아주 달라 보였다. 평소보다 더 못생겨 보였으며, 마치 꼭두각시 인형처럼 오른팔을 마구 흔들고 있었다. 만약 어머니가 그 자리에 있지 않았더라면, 마침 방 안으로 슬쩍 들어온 프리츠가 마구 웃음을 터뜨리며 끼어들지 않았더라면 마리는 잔뜩 겁에 질렸을 것이다.

프리츠가 소리쳤다.

"아, 드로셀마이어 대부님! 오늘 정말 재미있으세요! 제가 오래전에 난로 뒤로 던져 버린 춤추는 꼭두각시 같아요!"

어머니는 진지한 표정으로 물었다.

"대부님, 정말 이상한 농담이에요. 대체 무슨 뜻이죠?"

그러자 드로셀마이어 대부가 웃음을 터뜨렸다.

"이런! 내가 만든 시계공의 노래를 잊어버리셨나요? 마리처럼 아픈 환자들한테 그 노래를 불러 주곤 한답니다."

이렇게 말하고는 대부는 마리 곁으로 다가가서 말했다.

"내가 생쥐 왕의 눈 열네 개를 뽑아 버리지 않았다고 너무 화내지 말거라. 그건 나도 할 수 없는 일이었거든. 그 대신 네가 아주 기뻐할 만한 일이 있지."

 드로셀마이어 대부는 주머니에서 무언가를 조심스럽게 꺼냈다. 바로 호두까기 인형이었다. 대부는 호두까기 인형의 깨진 이를 매우 솜씨 좋게 튼튼히 붙였고, 헐거워진 아래턱도 제자리에 맞춰 놓았다.

 마리가 몹시 기뻐하자 어머니가 웃으면서 말했다.

 "드로셀마이어 대부님이 얼마나 호두까기 인형을 아끼시는지 이제 너도 잘 알겠지?"

 드로셀마이어 대부가 끼어들었다.

 "하지만 마리, 호두까기 인형의 얼굴이 별로 잘생기지 않았다는 건 너도 인정할 거야. 호두까기 인형 가문에서 어쩌다 이렇게 못생긴 후손이 나왔는지 궁금하다면 내가 말해 줄 수 있단다. 혹시 피를리파트 공주와 마우제링크스 부인 그리고 솜씨 좋은 시계 제작자에 대한 이야기를 알고 있니?"

 그때 프리츠가 끼어들었다.

 "그런데 드로셀마이어 대부님, 호두까기 인형의 이도 붙여 주셨고 턱도 흔들리지 않게 다시 맞춰 주셨잖아요. 그런데 칼은 어디 갔어요? 왜 칼은 주지 않으셨어요?"

그러자 드로셀마이어 대부가 못마땅한 듯 대답했다.

"아이고, 맙소사. 넌 왜 항상 그렇게 불평하고 투덜거리는 게냐? 호두까기 인형의 칼이 나와 무슨 상관이니. 내가 몸을 고쳐 주었으니까, 칼은 자기가 알아서 구해야지."

프리츠가 소리쳤다.

"맞아요. 능력 있는 녀석이니까 무기 정도는 알아서 구할 수 있을 거예요!"

드로셀마이어 대부가 말을 이었다.

"그러니까 마리야, 피를리파트 공주 이야기를 알고 있니?"

"아뇨, 몰라요. 어서 들려주세요, 대부님. 어서요!"

어머니가 말했다.

"대부님이 평소에 들려주시는 이야기처럼 무서운 이야기가 아니라면 좋겠는데."

드로셀마이어 대부가 대답했다.

"천만에요, 부인! 제가 지금 들려주려는 얘기는 정말로 재미있는 이야기랍니다."

마리와 프리츠가 함께 소리쳤다.

"어서 들려주세요, 대부님!"

드로셀마이어 대부가 이야기를 시작했다.

단단한 호두 이야기

"피를리파트의 어머니는 왕의 아내, 즉 왕비였어. 그래서 피를리파트는 태어나자마자 공주가 되었지. 왕은 요람에 누워 있는 예쁜 딸을 보고 너무도 기뻐 기쁨의 함성을 지르는가 하면 한 발로 서서 춤을 췄어. 그러면서 계속 소리쳤지.

'야호! 이렇게 예쁜 아기를 본 적 있나?'

모든 대신들 장군들, 위원장들, 장교들까지 왕과 마찬가지로 한 발로 껑충껑충 뛰며 소리쳤어.

'절대로 없습니다!'

정말로 피를리파트 공주보다 더 예쁜 아기는 세상에 없었어. 피를리파트 공주의 얼굴은 백합처럼 하얗고 두 뺨은 장미처럼 발그레했어. 자그만 두 눈은 푸르게 반짝거렸고 아름다운 곱슬머리는 황금색으로 빛났어. 게다가 피를리파트 공주는 진주 같은 조그만 이가 위아래로 나 있는 상태로 태어났어. 그리고 태어난 지 두 시간 만에 공주의 관상과 손금을 좀 더 자세히 들여다보려던 왕국 수상의 손가락을 꽉 깨물어 버렸지. 수상은 '오, 아이고 맙소사!' 하고 날카로운 비명을 질렀어. 하지만 어떤 사람들은 '아얏!' 하고 소리를 질렀다고 해. 어느 쪽 이야기가 맞는지는 지금까지도 밝혀지지 않았단다.

어쨌든 피를리파트 공주가 수상의 손가락을 깨문 건 사실이었어. 백성들은 천사처럼 아름다운 공주가 머리까지 좋다는 사실을 알고는 무척 기뻐했어.

이렇게 모두들 공주의 탄생을 기뻐했어. 그런데 오직 왕비만은 불안에 사로잡혀 있었는데, 아무도 그 이유를 알 수 없었단다. 사람들은 왕비가 공주의 요람을 삼엄하게 지키게 한 것을 보고 깜짝 놀랐어. 문 앞마다 친위병들이 지키고 서 있도록 했고, 요람 바로 곁에서 아이를 지키는 유모 두 명 외에도 매일 밤마다 여섯 명의 보모가 아이를 지키게 했어. 그런데 가장 우스꽝스럽고도 이상한 일은 여섯 명의 유모가 모두 무릎에 수고양이를 안고 있어야 한다는 것이었어. 보모들은 밤새도록 고양이를 쓰다듬어 주어 고양이가 계속해서 그르렁거리도록 해야만 했어.

애들아, 너희들은 피를리파트 공주의 어머니가 왜 그런 일들을 시켰는지 짐작도 할 수 없을 거야. 하지만 난 알고 있지. 지금부터 너희들에게도 알려 주마.

어느 날 피를리파트 공주 아버지의 궁전에 훌륭한 왕들과 멋진 왕자들이 모인 일이 있었어. 연극, 무도회, 마상 시합이 끝없이 열리며 궁전 전체가 흥겨운 분위기였지. 왕은 나라의 돈을 많이 사용해서 자기가 금은보화를 아주 많이 갖고 있다는 것을 자랑하고 싶었어. 마침 왕은 궁중 최고 요리사에게 궁중 점성술사가 돼지 잡을 시간을 알려 왔다는 사실을 은밀히 듣게 되어 성대한 소시지 연회를 열기로 했단다. 그리고 왕은 친히 마차를 타고 이웃 나라 왕들과 왕자들을 초대하러 다녔어. 그냥 수프나 같이 먹자고 하면서 말이야. 나중에 성대한 연회로 깜짝 놀라게 할 심산이었지.

왕은 왕비에게 다정한 목소리로 말했어.

'부인, 내가 소시지를 얼마나 좋아하는지 당신도 잘 알잖소!'

왕비는 왕이 그런 말을 하는 이유를 잘 알고 있었어. 예전에도 그랬듯이 소시지 만드는 훌륭한 일을 왕비가 직접 도맡아 해달라는 뜻이었지.

궁중의 재무 담당자는 소시지를 만드는 데 필요한 금으로 된 커다란 솥과 은으로 된 찜통을 부엌으로 보내 주었어. 부엌에서는 백단향 나무로 불을 피웠고 왕비는 금실과 은실로 무늬를 짜 넣은 앞치마를 둘렀어. 잠시 후 솥에서 김이 모락모락 피어오르면서 달콤한 소시지 수프 냄새가 풍겼어. 그 맛있는 냄새는 왕의 집무실까지 흘러 들어갔지. 그 냄새를 맡은 왕은 도저히 참을 수 없었어.

'여러분, 잠깐 실례하겠소!'

왕은 이렇게 외치고 부엌으로 달려갔어. 왕비를 끌어안고는

황금 지휘봉으로 수프를 저은 다음에야 차분해진 얼굴로 집무실로 돌아갔지.

그리고 이제는 베이컨을 네모나게 잘라서 은으로 된 석쇠에 구워야 하는 중요한 시점이 왔어. 시녀들은 모두 부엌에서 물러났어. 왕비는 왕에 대한 진정한 사랑과 존경의 마음으로 이 작업을 혼자서 하고 싶었거든. 그런데 베이컨이 한창 구워지고 있을 때 어디선가 가느다란 목소리로 속삭이는 소리가 들려왔어.

'자매님, 나한테도 구운 베이컨을 조금만 주세요! 나도 맛있는 음식을 먹고 싶어요. 나도 여왕이니까요. 구운 베이컨을 조금만 주세요!'

왕비는 그렇게 말한 사람이 마우제링크스 부인이라는 걸 알고 있었어. 마우제링크스 부인은 오래전부터 궁전에서 살고 있었어. 마우제링크스 부인은 자기가 왕의 친척이며, 생쥐들의 제국인 마우졸리온이라는 왕국의 여왕이라고 주장했지. 그래서 부뚜막 밑에 자신의 신하들을 잔뜩 거느리고 있었어. 왕비는 착하고 너그러운 사람이었어. 마우제링크스 부인을 여왕이나 자신의 자매로 인정하진 않더라도 기꺼이 연회 음식을 나눠 줄 마음이 있었지.

왕비가 말했어.

'이리 나오세요, 마우제링크스 부인. 어쨌든 부인도 내가 구운 베이컨을 맛봐도 돼요!'

마우제링크스 부인이 기뻐하며 달려 나왔어. 그러고는 난로 위로 뛰어올라가서는 조그만 앞발을 내밀어 왕비가 주는 베이컨을 받아먹었어. 그러자 마우제링크스 부인의 친척들까지 모두 우르르 달려 나왔어. 부인의 일곱 아들들까지 말이야. 아주 버릇이 못된 일곱 아들들이 베이컨을 향해 마구 달려들었어. 놀란 여왕은 녀석들을 당해 낼 수가 없었어. 다행히 그때 여자 궁내 대신이 달려와 불청객들을 쫓아낸 덕분에 그나마 베이컨을 남길 수 있었지. 남은 베이컨은 궁중 수학자의 계산에 따라서 모든 소시지에 정확하게 나눠 넣었어.

북과 트럼펫 소리가 울려 퍼지자 화려하게 차려입은 왕들과 왕자들이 소시지 연회에 참석하기 위해 왔어. 어떤 이들은 하얀 말을 타고 왔고, 또 어떤 이들은 수정으로 꾸민 마차를 타고 왔어. 왕은 모든 손님들을 진심으로 환영했어. 그리고 한 나라의 통치

자답게 왕관을 쓰고 지휘봉을 들고서 식탁의 상석에 앉았지.

그런데 왕이 소시지를 먹을 때였어. 손님들은 왕의 얼굴이 창백해지더니 하늘을 향해 두 눈을 치켜뜨는 것을 보았어. 왕의 가슴에서는 나직한 한숨이 새어 나왔고 엄청난 고통이 몸 안을 파고드는 듯이 보였어! 왕은 비탄의 소리를 내더니 큰 소리로 울음을 터뜨리면서 두 손으로 얼굴을 가린 채 의자에 털썩 기대앉았어.

모두들 깜짝 놀라 자리에서 일어났고 주치의는 왕의 맥을 짚어 보려 했어. 하지만 왕은 비통하게 울부짖을 뿐이었어. 왕을 진정시키면서 태운 깃촉 등 거기 있던 온갖 독한 약을 먹인 후에야 왕은 조금 정신을 차린 듯했어. 겨우 말문을 뗀 왕은 이렇게 말했어.

'베이컨이 너무 적도다.'

그러자 왕비가 왕의 발아래에 엎드려 울기 시작했어.

'아, 가엾은 왕이시여! 얼마나 고통스러우셨을까. 죄인이 당신의 발아래 엎드려 있습니다! 제발 엄한 벌을 내려 주세요! 마우제링크스 부인과 일곱 아들들과 친척들이 베이컨을 먹어 치웠

어요. 그리고…….'

왕비는 여기까지 말하고 정신을 잃고 쓰러지고 말았어.

화가 난 왕은 자리에서 벌떡 일어나 소리쳤어.

'여자 궁내 대신! 대체 무슨 일이 있었던 건가?'

여자 궁내 대신은 사실대로 전부 말했어. 왕은 소시지에 들어갈 베이컨을 먹어 치운 마우제링크스 부인과 일가친척들에게 복수를 하기로 했어. 그 즉시 왕실 회의가 열렸고, 마우제링크스 부인을 재판에 서게 해 부인의 전 재산을 압수하기로 결정했어. 하지만 왕은 그렇다 하더라도 마우제링크스 부인이 언제 또 베이컨을 먹어 치울지 모른다고 했지. 결국 이 사건 전체를 궁중의 시계 제작자이자 연금술사인 사람에게 맡기기로 했어.

그 사람의 이름은 나와 똑같았단다. 크리스티안 엘리아스 드로셀마이어라는 이름을 가진 이 사람은 기발하고 현명한 작전으로 마우제링크스 부인과 일가친척들을 궁에서 영원히 추방하겠다고 장담했어.

실제로 드로셀마이어는 아주 조그맣고 교묘한 장치를 만들어 냈어. 구운 베이컨을 가느다란 실에 묶어서 그 장치 안에 넣은 다음 베이컨을 좋아하는 마우제링크스 부인이 사는 집 주변에 빙 둘러 설치해 놓았어.

마우제링크스 부인은 얼마나 영리했는지 드로셀마이어의 속임수에 넘어가지 않았어. 그러나 부인의 경고와 설명에도 불구하고 일곱 아들과 수많은 친척들은 구운 베이컨의 향기로운 냄새에 홀려 드로셀마이어가 설치해 놓은 장치 속으로 들어갔단다. 그들이 베이컨을 덥석 한 입 무는 순간 덜컹하고 창살문이 내려와서 그 안에 갇히고 말았지. 그리고 전부 부엌에서 비참하게 처형당했어.

그 후 마우제링크스 부인은 얼마 남지 않은 백성들을 데리고 이 궁전을 떠났어. 슬픔과 절망, 복수심에 가득 차서 말이지. 모두들 기뻐했지만 왕비는 걱정이 되었어. 마우제링크스 부인의 성격을 잘 알고 있었기 때문이지. 마우제링크스 부인이 일곱 아들과 수많은 친척들을 잃고 가만히 있을 리 없다고 생각했어.

역시나 마우제링크스 부인은 또 다시 모습을 드러냈어. 왕비가 왕이 좋아하는 허파 퓌레(허파를 갈아 만든 요리)를 만들고 있을 때였지. 마우제링크스 부인이 말했어.

'내 아들들과 친척들이 목숨을 잃었어. 조심하는 게 좋을 거야, 왕비. 생쥐 왕이 네 어린 공주를 깨물어 두 토막 내지 않도록 말이야.'
 마우제링크스 부인은 그렇게 말하고는 다시 사라지더니 더 이상 모습을 드러내지 않아. 여왕은 겁에 질린 나머지 허파 퓌레를 불길 속으로 떨어뜨리고 말았어. 왕은 마우제링크스 부인이 자신이 좋아하는 음식을 또 다시 망쳐 놓자 무척 화를 냈단다.

 자, 오늘은 여기까지 하도록 하자. 내일 이어서 들려주도록 하마."

 곰곰이 이야기를 집중해서 듣고 있던 마리는 드로셀마이어 대부에게 계속 이야기해 달라고 졸랐다. 드로셀마이어 대부가 타이르려고 하자, 자리에서 벌떡 일어나기까지 했다.
 "아무리 재미있는 이야기라도 너무 오래 들으면 건강에 해롭단다. 나머지는 내일 들려주도록 하마."
 드로셀마이어 대부가 현관을 나서려고 할 때 프리츠가 물었다.

"드로셀마이어 대부님, 대부님이 정말로 쥐덫을 발명하신 거예요?"

그러자 어머니가 소리쳤다.

"그런 바보 같은 질문이 어디 있니?"

하지만 드로셀마이어 대부는 알 수 없는 미소를 띠며 나지막하게 말했다.

"나처럼 솜씨 좋은 시계 기술자가 쥐덫 하나 발명하지 못할까?"

단단한 호두 이야기 속편

다음 날 저녁 드로셀마이어 대부의 이야기가 계속 이어졌다.

"이제 왕비가 피를리파트 공주를 왜 그렇게 철저하게 지켰는지 알겠지? 마우제링크스 부인이 으름장을 놓은 대로 다시 나타나 어린 공주를 물어 죽일까 봐 두려웠던 거야. 더욱이 마우제링크스 부인은 영리하고 약아빠진 탓에 드로셀마이어의 쥐덫은 아무런 소용이 없었거든. 왕의 비밀 점성술사이기도 한 천문학자는 수고양이 가문만이 마우제링크스 부인을 공주의 요람에 다가오지 못하게 할 수 있다고 말했어. 그래서 유모들은 그 가문에서 태어난 고양이들을 무릎에 한 마리씩 안고, 예의를 갖춰 쓰다듬어 줌으로써 이들에게 주어진 버거운 나라 일을 가볍게 해주려고 애썼단다. 수고양이들에게는 비밀 공사관으로서의 임무가 주어졌지.

어느 날 자정이었어. 요람 가까이 앉아 있던 두 명 중 한 명이 깜짝 놀라 잠에서 깨어났어. 주위의 모든 것은 깊은 잠에 빠져 있었지. 수고양이들의 가르랑거리는 소리도 들리지 않고 너무도 고요했어. 나무좀이 나무를 갉아먹는 소리까지 들릴 정도였지. 그러니 흉측하게 생긴 커다란 쥐가 뒷발로 선 채 공주의 얼굴에 머리를 갖다 댄 모습을 본 유모의 기분이 어떠했겠니?

유모는 깜짝 놀라서 벌떡 일어났어. 그 바람에 모두들 깨어났지. 그와 동시에 마우제링크스 부인은(피를리파트 공주의 요람 앞에 서 있던 커다란 생쥐는 다름 아닌 마우제링크스 부인이었어.) 잽싸게 방 한 구석으로 도망갔어. 수고양이 공사관이 부인의 뒤를 뒤쫓았지만 너무 늦어 버렸어. 마우제링크스 부인은 바닥의 틈새로 사라져 버렸거든.

요란한 소리에 잠에서 깬 피를리파트 공주는 애처롭게 울기 시작했어. 유모들이 소리쳤어.

'신이여, 감사합니다. 공주님이 살아 계셔!'

하지만 곧 유모들은 사랑스러운 공주의 변한 얼굴을 보고 기절초풍할 정도로 놀라고 말았어. 백합처럼 하얗고 장미처럼 발그레한 얼굴에 황금빛 곱슬머리를 가진 천사 같은 얼굴은 온데간데없이 사라지고 기이할 정도로 커다란 얼굴에 작게 쪼그라든 몸통이 붙어 있었거든. 파란 보석처럼 빛나던 두 눈은 초점을 잃은 초록색으로 바뀌었고 앙증맞았던 입은 한쪽 귀에서 다른 쪽 귀까지 쭉 찢어져 있었어.

왕비는 슬픔에 잠겨 매일 통곡했고 왕이 쓰는 서재의 벽에는 솜을 덧대야 했어. 왕이 벽에 머리를 찧으며 '난 정말로 불행한 왕이야!'라고 한탄했기 때문이지.

왕은 베이컨을 넣지 않은 소시지를 먹고 마우제링크스 부인과 친척들이 부뚜막 아래 그대로 살게 내버려 두는 편이 훨씬 나았다는 걸 알고 있었어. 하지만 절대 인정하려고 하지 않았어. 왕은 뉘른베르크 출신의 시계 제작자이자 연금술사인 크리스티

안 엘리아스 드로셀마이어에게 모든 잘못을 떠넘겼단다. 그리고 그에게 전혀 지혜롭지 못한 명령을 내렸어. 4주 안에 피를리파트 공주를 원래 모습으로 되돌려 놓거나, 아니면 적어도 그렇게 할 수 있는 확실한 방법을 알아내라고 말이지. 그렇지 않으면 손도끼로 목을 베어 버리겠다고 했단다.

드로셀마이어는 두렵기도 했지만 한편으로는 자신의 재주와 행운을 믿었단다. 그러고는 곧바로 효과가 있을 듯 보이는 첫 번째 작업에 들어갔어. 드로셀마이어는 피를리파트 공주의 몸을 솜씨 좋게 분해하기 시작했어. 공주의 조그만 손과 발을 돌려서 풀고 몸안의 구조를 자세히 살펴보았지. 하지만 유감스럽게도 공주가 자랄수록 볼품없어질 거라는 사실을 발견했을 뿐이었어. 어찌할 도리가 없었지. 드로셀마이어는 조심스럽게 공주의 몸을 도로 조립해 놓고 우울한 기분으로 공주의 요람 곁에 주저앉았단다. 왕은 드로셀마이어에게 절대로 공주의 요람을 떠나서는 안 된다고 했어.

시간이 흘러 어느새 4주째에 접어들었어. 수요일이 되던 날 공주의 요람을 슬쩍 들여다본 왕의 눈은 분노로 이글거렸어. 왕은 지휘봉을 휘두르면서 소리쳤어.

'크리스티안 엘리아스 드로셀마이어, 공주를 원래대로 돌려놓지 않으면 죽음을 면치 못할 것이다!'

드로셀마이어는 비통함에 눈물을 흘렸지만 피를리파트 공주는 기쁜 얼굴로 호두를 깨물고 있었단다. 드로셀마이어는 피를리파트 공주가 태어날 때부터 치아가 모두 나 있었다는 것과 유난히 호두를 좋아한다는 사실을 알아차렸어. 피를리파트 공주는 모습이 흉측하게 변한 후로 한참 동안 소리를 질렀는데 우연히 호두 하나를 얻고 나서 조용해졌었어. 공주는 호두를 보자마자 깨물어 먹고는 고함을 멈추었단다. 그 후로 유모들은 공주에게 쉴 새 없이 호두를 가져다줘야만 했어.

크리스티안 엘리아스 드로셀마이어가 소리쳤어.

'아, 성스러운 자연의 본능이여, 영원히 헤아릴 수 없는 모든 존재의 교감이여, 당신은 나에게 수수께끼의 문으로 들어가는 길을 알려 주는군요. 나는 그 문을 두드리고 싶습니다. 두드리면 그 문은 열리겠지요!'

드로셀마이어는 궁중 점성술사를 만나게 해달라고 왕에게 부

탁했어. 경비병들의 삼엄한 경비를 받으며 점성술사에게 안내된 드로셀마이어는 다정한 친구 사이였던 점성술사와 얼싸안고 눈물을 흘렸지. 두 사람은 비밀 서재로 들어가서 본능과 교감, 반감 등을 비롯한 비밀스러운 것들을 다룬 책들을 찾아보았어.

밤이 되자 점성술사는 별을 살펴본 다음 드로셀마이어의 도움으로 공주의 별점을 쳐보았지. 별들이 그리는 선이 점점 혼란스럽게 움직여서 점을 치는 일이 몹시 힘들었어. 그러나 마침내 공주를 흉측하게 만든 마법의 주문을 풀 수 있는 방법을 찾아냈어. 공주를 다시 예전처럼 아름답게 되돌리려면 크라카툭 호두의 달콤한 속을 먹기만 하면 되는 거였어.

크라카툭 호두의 껍데기는 20킬로그램이나 되는 대포가 그 위로 지나가도 깨지지 않을 정도로 단단했어. 하지만 호두를 깔 수 있는 방법이 하나 있긴 했어. 그건 바로 평생 한 번도 수염을 깎지 않고 한 번도 부츠를 신어 본 적 없는 남자가 공주의 앞에서 크라카툭 호두의 껍데기를 이로 깨무는 것이었지. 그런 다음 이 남자가 눈을 감고 공주에게 호두 알맹이를 바친 후 절대로 비틀거리지 않고 뒷걸음질로 일곱 걸음을 간 다음에 다시 눈을

뜨는 것이었어.

드로셀마이어와 점성술사는 꼬박 사흘 밤낮을 쉬지 않고 일했어. 토요일, 왕이 점심 식사를 하고 있을 때였어. 일요일 새벽에 처형당할 예정인 드로셀마이어가 마구 기뻐하면서 달려왔어. 공주의 모습을 되돌릴 수 있는 방법을 찾았다고 말이야.

왕은 열렬하게 호의를 표하며 드로셀마이어를 얼싸안고 다이아몬드 검 한 자루와 훈장 네 개, 새 외투 두 벌을 주겠다고 약속했단다. 그리고 친절하게 덧붙였어.

'점심을 먹고 나면 곧바로 시작하도록 하지. 드로셀마이어여, 수염을 깎아 본 적 없고 부츠를 신지 않는 젊은이와 크라카툭 호두를 반드시 대령하게. 일이 끝나기 전에는 포도주를 마시지 못하게 해. 게처럼 뒤로 일곱 걸음을 걷다가 넘어지면 안 되니까. 일이 끝난 다음에는 얼마든지 마셔도 상관없네!'

왕의 말에 깜짝 놀란 드로셀마이어는 몸을 부들부들 떨면서 간신히 대답했어. 공주의 모습을 원래대로 되돌릴 방법을 찾아낸 것뿐이라고 말이야. 이제부터 크라카툭 호두와 그 젊은이를 찾아야 한다고. 더욱이 둘 다 찾아낼 수 있을지는 확실하지 않다고 말이지.

 그러자 왕은 불같이 화를 내면서 왕관을 쓴 머리 위로 지휘봉을 마구 휘두르며 소리쳤어.

'그럼 네 머리를 베어야겠군!'

 절망과 두려움에 빠져 있던 드로셀마이어에게 그나마 다행스러운 일이 있었어. 왕이 그날 먹은 음식이 아주 맛있었다는 거였지. 그래서 왕은 너그러운 왕비가 왕에게 건넨 조언에 귀를 기울일 정도로 기분이 좋았어. 왕비는 드로셀마이어의 운명을 가엾게 여겼거든. 드로셀마이어도 마지막으로 용기를 내어 왕의 원래 과제는 풀었으니 목숨은 살려 주어야 하는 것이 아니냐고 말했단다. 흉측하게 변한 공주의 얼굴을 되돌릴 수 있는 확실한 방법을 찾았으니 말이야.

 왕은 어설픈 변명이며 허튼소리라고 했어. 하지만 소화를 도와주는 술을 한 잔 마시더니 드로셀마이어와 점성술사에게 당장 길을 떠나라고 했어. 크라카툭 호두를 찾지 못하면 돌아올 생각도 하지 말라고 덧붙였지. 크라카툭 호두를 깨물어 까줄 청년은 왕비의 제안대로 나라 안팎으로 신문에 광고를 내서 찾기로 했단다."

 드로셀마이어 대부는 여기서 또다시 이야기를 중단했고, 다음 날 저녁에 이어서 들려줄 것을 약속했다.

단단한 호두 이야기 결말

 다음 날 저녁, 램프에 불이 켜지자마자 드로셀마이어 대부가 정말로 다시 와서는 이야기를 계속해 주었다.

 "드로셀마이어와 점성술사는 15년이나 찾아 헤맸지만 크라카툭 호두가 어디 있는지 단서조차 찾을 수 없었어. 두 사람이 어디를 돌아다녔고 무슨 희한한 일을 겪었는지 말해 주려면 한 달은 족히 걸릴 테니 그냥 넘어가기로 하자. 절망에 빠진 드로셀마이어는 고향 마을 뉘른베르크가 그리워 견딜 수 없을 지경이었단다.

 그러던 어느 날 아시아의 어느 광활한 숲 속에서 친구와 함께 싸구려 파이프 담배를 피우고 있을 때였어. 고향에 대한 그리움이 유난히 밀려왔단다.

아, 아름답고 아름다운 내 고향 뉘른베르크, 아름다운 그곳.
너를 보지 못했다면 런던, 파리, 페터바르다인으로
수없이 많은 곳을 여행했을지라도
그 사람의 가슴은 아직 닫혀 있으리라.
아, 뉘른베르크여,
그는 언제나 너를 그리워할 테니.
창문 달린 예쁜 집들이 가득한 아름다운 도시여.

 드로셀마이어가 서글프게 한탄하자 몹시 슬퍼진 점성술사는 아시아 대륙 전체에 울려 퍼질 정도로 통곡하기 시작했어. 하지만 점성술사는 곧바로 마음을 가다듬고 눈물을 닦으며 드로셀마이어에게 말했지.

'이보게 친구, 여기 앉아서 울고 있을 이유가 있나? 뉘른베르크로 가면 되지 않나? 어디에서 어떻게 찾든 그 가증스러운 크라카툭 호두를 찾아내기만 하면 되지 않나?'

드로셀마이어는 그 말에 마음이 편해졌어.

'그 말이 맞네.'

두 사람은 자리에서 일어나 파이프에서 담배를 털어 내고 곧장 아시아의 숲 한가운데에서 뉘른베르크로 출발했어. 뉘른베르크에 도착하자 드로셀마이어는 자신의 사촌이자 인형 제작자이며 칠장이이자 도금장이인 크리스토프 자카리아스 드로셀마이어를 찾아갔어. 두 사람은 오랜 세월 동안 만나지 못했지.

드로셀마이어는 사촌에게 피를리파트 공주와 마우제링크스 부인, 크라카툭 호두에 대한 이야기를 전부 들려주었어. 사촌은 몇 번이나 양손을 휘저으며 놀라 소리쳤어.

'이야! 정말로 놀라운 일이군!'

드로셀마이어는 이어서 오랜 여행길에서 겪은 모험담을 들려주었어. 2년 동안 대추 왕과 지낸 일이며 아몬드 왕자에게 모욕적으로 거절당한 일이며 다람쥐 마을에 있는 자연학회에 자문을

구했지만 헛일이었다는 이야기도 해주었지. 한마디로 어디에서도 크라카툭 호두의 흔적조차 찾을 수 없었다는 이야기였어.

크리스토프 자카리아스는 이야기를 들으면서 몇 번이나 손가락으로 '딱딱' 소리를 내기도 하고, 한 발로 서서 빙 돌기도 하고, 혀를 차기도 했어. 그러더니 '흠, 흠, 아, 아, 세상에, 맙소사!' 하는 것이었어.

마침내 크리스토퍼 자카리아스는 모자와 가발까지 던져 버리더니 사촌을 격정적으로 끌어안았어.

'사촌, 사촌! 자네는 이제 살았네. 내가 착각하는 게 아니라면, 내가 바로 그 크라카툭 호두를 가지고 있다네! 분명해!'

크리스토프 자카리아스는 상자 하나를 가져와서 금박을 입힌 중간 크기의 호두를 꺼내 드로셀마이어에게 보여 주었어.

'자, 바로 이 호두라네. 이 호두에 대한 이야기를 들려주겠네. 몇 해 전 크리스마스 때였어. 한번은 웬 낯선 사람이 호두 한 자루를 가져와서 판 적이 있었네. 그런데 우리 인형 가게 바로 앞에서 싸움이 붙었지. 이곳의 호두 장수가 이방인이 호두를 파는 것을 참을 수 없다며 그 낯선 호두 장수에게 싸움을 걸었거든.

낯선 호두 장수도 맞서 싸우려고 호두 자루를 땅에 내려놓았다네. 그런데 그때 마침 짐을 잔뜩 실은 수레가 그 자루 위를 지나갔고, 딱 한 개만 빼고 모두 깨지고 말았어. 그 낯선 호두 장수는 야릇한 미소를 지으며 나에게 1720년에 만들어진 이십 냥짜리 은화를 내고 사라며 그 호두를 내밀더군. 내 눈에는 그 호두가 멋져 보였다네. 게다가 마침 내 호주머니에는 은화가 들어 있었고 말이야. 난 그 호두를 사서 금박을 입혔다네. 왜 그렇게 비싼 돈을 주고 사서 지금까지 소중히 간직해 왔는지는 나도 모르겠어.'

그 호두는 드로셀마이어가 찾아 헤매던 크라카툭 호두가 틀림없었단다. 점성술사를 데려와 동전으로 금박을 깨끗이 벗겨내니 일말의 의심마저도 싹 사라져 버렸지. 금박을 벗겨 내니 중국어로 '크라카툭'이라고 새겨진 글자가 보였거든.

드로셀마이어와 점성술사는 뛸 듯이 기뻤어. 그리고 사촌도 너무나 행복했지. 드로셀마이어가 사촌에게 두둑한 사례금을 약속했거든. 두둑한 사례금 외에도 사촌은 앞으로 도금할 때 필요한 금을 전부 공짜로 받게 되었지. 드로셀마이어와 점성술사는 잠잘 때 쓰는 모자를 쓰고 잠자리에 들려고 했어. 그때 점성술사가 말했어.

'친구, 좋은 일은 짝을 지어 생기는 법이라네. 크라카툭 호두뿐만 아니라 공주를 위해 호두를 까줄 젊은이도 찾았다네. 바로 자네 사촌의 아들일세! 도저히 잠이 올 것 같지가 않군. 지금 당장 그 젊은이의 별점을 쳐봐야겠어!'

점성술사는 잠잘 때 쓰는 모자를 벗어 던지고 별을 바라보기 시작했지.

드로셀마이어의 사촌 아들은 잘생기고 심성이 고운 청년으로, 여태까지 한 번도 수염을 깎아 본 적이 없고 부츠를 신은 적도 없었어. 어렸을 때는 춤추는 꼭두각시처럼 좀 바보 같아 보였지만, 지금은 그런 모습이라고는 눈 씻고 찾아볼 수 없었어. 아버지가 열심히 가르친 결과였지. 크리스마스에는 금박 장식이 들어간 멋진 빨간색 외투를 입고 칼을 차고 겨드랑이에는 모자를 끼고 있었어. 또 뒷머리채를 가발로 싼 멋진 머리 모양을 하고 있었단다. 그렇게 멋진 모습을 하고 아버지의 가게에서 어린 소녀들에게 호두를 까주었어. 그래서 소녀들은 그 청년을 '사랑스러운 꼬마 호두까기'라고 불렀단다.

 다음 날 아침, 점성술사는 기쁨에 겨워서 드로셀마이어를 얼싸안고 외쳤어.

 '바로 그 젊은이야! 그 젊은이가 맞아! 드디어 찾았어! 친구, 하지만 꼭 기억해야 할 두 가지가 있네. 첫째, 자네는 조카에게 나무로 만든 튼튼한 머리채를 묶어 줘야 해. 그것을 아래턱과 연결시켜서 머리채를 잡아당기면 아래턱 역시 아주 강하게 잡아당겨질 수 있도록 말이지. 둘째, 궁전으로 돌아가서는 크라카툭 호두를 깰 수 있는 젊은이를 찾았다는 사실을 숨겨야만 하네. 조카는 우리가 도착하고 나서 한참 뒤에 나타나야 해.

 별점을 쳐보니 몇몇 청년들이 호두를 까려다 이만 상한다네. 그래서 왕이 피를리파트 공주의 아름다움을 되찾아 주는 사람에게 상으로 공주와 결혼하게 해주고 왕위를 물려주겠다고 약속할 것이라고 나왔다네.'

 드로셀마이어의 사촌은 아들이 피를리파트 공주와 결혼해서 왕이 될 것이라는 말에 몹시 만족해서 두 사람에게 기꺼이 아들을 맡겼지. 드로셀마이어가 조카를 위해서 만든 머리채는 매우 훌륭했어. 시험 삼아 조카가 단단하기 짝이 없는 복숭아씨를 깨물어 보았는데 대성공이었지.

드로셀마이어와 점성술사는 크라카툭 호두를 찾았다는 사실을 궁전에 알렸어. 소식을 들은 궁전에서는 당장 필요한 준비를 갖춰 놓았어. 두 사람이 공주의 아름다움을 되찾아 줄 호두를 가지고 도착해 보니 화려하게 차려입은 사람들이 궁전에 모여 있었어. 그중에는 심지어 왕자들도 있었지. 자신의 건강한 치아를 믿고서 공주의 마법을 풀어 주기 위해 온 거였어.

궁전으로 돌아온 드로셀마이어와 점성술사는 공주를 보고 깜짝 놀랐어. 작은 손과 발이 달린 자그만 몸은 기형적인 머리를 겨우 지탱하고 있었어. 입과 턱 주위에 있는 하얀 수염 때문에 못생긴 얼굴이 더 흉측해 보였어.

모든 일이 점성술사의 별점대로 이루어졌어. 이제 갓 수염이 난 청년들이 구두를 신고 와서는 차례대로 크라카툭 호두를 깨려고 시도했지만, 이와 턱만 다치고 공주에게 아무런 도움도 되지 못했어. 치과 의사들을 불러와야 할 정도였어. 청년들은 반쯤 정신을 잃은 채 실려 나가면서 '정말 단단한 호두야!'라고 한

숨을 쉬었단다.

 두려워진 왕은 공주의 마법을 풀어 주는 청년에게 공주와 왕국을 주겠다고 약속했어. 그때 드로셀마이어의 사촌 아들이 나타나 호두를 깨보겠다고 했어. 피를리파트 공주는 그 젊은 드로셀마이어가 누구보다도 마음에 들었어. 공주는 자그마한 두 손을 가슴에 얹고 한숨을 내쉬었지.

 '아, 저 사람이 크라카툭 호두를 깨주어 내 남편이 된다면 얼마나 좋을까!'

 젊은 드로셀마이어는 왕과 왕비, 피를리파트 공주에게 정중하게 인사한 뒤 사회자에게서 호두를 건네받았어. 호두를 입에 물고 머리채를 잡아당기자 '딱딱' 소리가 나더니 호두가 여러 조각으로 부서졌어. 젊은 드로셀마이어는 아직 호두에 붙어 있는 털을 능숙하게 제거한 후 절을 하면서 공주에게 건네주었어. 그리고 두 눈을 감고 뒤로 걷기 시작했지. 공주가 곧바로 호두를 삼키자 기적 같은 일이 일어났어! 흉측한 모습은 온데간데없이 사라지고 천사처럼 아름다운 여인이 서 있었지. 얼굴은 마치 백합처럼 희고 장미처럼 붉은 비단결 같았고, 두 눈에도 파란빛이 돌아왔어. 곱슬곱슬한 머리카락은 황금색 실을 말아 놓은 것 같았지.

온 백성의 함성 소리와 북과 트럼펫 소리가 울려 퍼졌어. 왕을 비롯한 궁전 사람들 모두 공주가 태어났을 때처럼 한쪽 발로 서서 춤을 추었어. 왕비는 너무 기쁘고 행복한 나머지 기절하는 바람에 오드콜로뉴 향수(상쾌한 향기를 내는 향수)를 뿌려서 정신을 차리도록 해야만 했어.

요란한 환호성과 악기 소리가 들려왔을 때 젊은 드로셀마이어는 아직 일곱 걸음을 다 걷지 못했었어. 그러나 정신을 가다듬었지. 오른발을 들어 마지막 일곱 걸음을 끝마치려고 했을 때였어. 마우제링크스 부인이 소름끼치도록 시끄럽게 찍찍거리면서 마룻바닥에서 튀어나왔어. 오른발을 내려놓으려던 드로셀마이어는 마우제링크스 부인을 세게 밟아 비틀거리다 하마터면 넘어질 뻔했어.

'아, 이런 불행한 일이!'

젊은 드로셀마이어는 눈 깜짝할 사이에 예전의 공주처럼 흉측하게 변해 버렸어. 몸은 온통 쪼그라들어, 앞으로 툭 튀어나온

두 눈과 하품하듯 끔찍하게 벌어진 큰 입이 있는 거대하고 기이한 머리를 겨우 떠받쳤어. 뒤에는 머리채 대신 나무로 된 폭이 좁은 외투가 걸쳐져 있었고, 망토를 잡아당겨 아래턱을 움직여야 했지.

시계 제작자인 드로셀마이어와 점성술사는 겁에 질렸어. 그런데 그때 피투성이가 된 채 마룻바닥을 뒹구는 마우제링크스 부인이 보였어. 악행을 저지른 마우제링크스 부인이 벌을 받은 거였지. 젊은 드로셀마이어가 뾰족한 구두 굽으로 목을 세게 밟는 바람에 죽음에 이르게 되었거든. 마우제링크스 부인은 고통 속에 죽어 가면서 처절하게 찍찍거리며 말했어.

아, 단단한 크라카툭 호두여,

내 죽음을 잘 보아라.

히히, 하하, 잘난 호두까기 녀석아,

너 또한 곧 죽을 운명이다.

일곱 개의 왕관을 쓴 내 아들이 이 어미의 원수를 갚아 줄 테니.

호두까기 녀석, 너도 곧 죽는다.

아, 이리도 팔팔하고 생생한 삶이여,

널 두고 이제 죽어야 하는구나.

찍!

 마우제링크스 부인은 날카로운 '찍' 소리와 함께 숨을 거두었어. 궁중에서 불 때는 일을 하는 화부가 쥐 부인을 싣고 나갔단다.
 젊은 드로셀마이어에게 관심을 쏟는 사람은 아무도 없었어. 하지만 공주는 왕에게 왕이 한 약속을 떠올리게 했어. 왕은 즉시 젊은 영웅을 데려오라고 했지. 그런데 흉측한 얼굴로 변한 젊은이가 앞으로 나오자 공주는 두 손으로 얼굴을 가리고 소리쳤어.
 '저리 가! 저 흉측한 호두까기를 당장 물러가게 하세요!'
 그러자 의전 대장이 젊은 청년의 가녀린 어깨를 움켜잡고 문 밖으로 내던졌어. 왕은 호두까기를 자신의 사윗감으로 앉히려 일을 꾸몄다면서 불같이 화를 냈어. 그러고는 시계 제작자와 점성술사에게 모든 잘못을 돌리고 앞으로 다시는 궁전에 발붙이지 못하도록 쫓아내 버렸어.

이 일들은 점성술사가 뉘른베르크에서 본 별점에는 나와 있지 않았단다. 점성술사는 다시 한 번 하늘을 관측했어. 그리고 별을 보고 여러 가지 사실들을 읽어 냈지. 젊은 드로셀마이어가 외모는 흉측하게 변했지만 앞으로 왕자가 되고 왕이 되어 잘 살아갈 것이라는 사실을 알 수 있었어. 하지만 젊은 드로셀마이어가 본래 모습으로 되돌아오려면 마우제링크스 부인이 새로 낳은 아들이 생쥐 왕이 되어야만 하고, 일곱 개의 머리가 달린 그 아들이 청년의 손에 죽어야만 했어. 또 흉측한 외모에도 불구하고 진정으로 청년을 사랑해 줄 아가씨가 있어야만 했지.

그런데 정말로 크리스마스 무렵, 사람들은 뉘른베르크에 있는 청년의 아버지 가게에서 호두까기이면서 또 왕자이기도 한 드로셀마이어 청년을 보았다고들 했단다.

얘들아, 이게 바로 단단한 호두에 대한 이야기란다.

이제 왜 사람들이 어려운 문제를 두고 종종 '그건 정말로 단단한 호두였어.'라고 말하는지 알게 됐을 거야. 호두까기 인형이 왜 그렇게 못생겼는지도 말이지."

 드로셀마이어 대부는 이렇게 이야기를 끝마쳤다. 마리는 피를리파트 공주가 은혜도 모르는 나쁜 사람이라고 생각했다. 반면 프리츠는 호두까기가 사내대장부라면 생쥐 왕을 물리쳐서 원래의 멋진 모습을 곧 다시 되찾을 수 있을 거라고 마리에게 확신에 차 말했다.

삼촌과 조카

 이 글을 읽고 있는 너희들 중에 깨진 유리에 다친 적이 있는 사람이라면 그것이 얼마나 아픈지, 또 상처가 얼마나 끔찍할 정도로 늦게 낫는지를 잘 알고 있을 거다.

 마리는 자리에서 일어나려고 할 때마다 너무 어지러워서 거의 일주일 내내 침대에 누워 있어야만 했다. 하지만 드디어 완전히 회복되어 방 안을 뛰어다닐 수 있게 되었다. 장식장 안은 나무와 꽃, 집, 예쁜 인형들이 다시금 반짝이며 서 있어 무척이나 근사해 보였다. 마리는 두 번째 칸에 서서 조그만 이를 드러낸 채 건강한 모습으로 웃고 있는 호두까기 인형을 발견하였다. 기쁜 마음으로 자기가 가장 좋아하는 호두까기 인형을 바라보던 마리는 갑자기 조바심이 났다. 드로셀마이어 대부가 들려준 이야기를 마리는 직접 보았던 것이다. 특히 호두까기와 마우제링크스 부인 그리고 그 아들의 싸움에 관한 이야기를 말이다.

마리는 자기의 호두까기 인형이 마우제링크스 부인의 끔찍한 마법에 걸린 뉘른베르크 출신의 젊은 드로셀마이어가 틀림없다는 사실을 깨달았다. 또 마리는 대부의 이야기를 들으면서 피를리파트 공주 아버지 궁전의 솜씨 좋은 시계 제작자가 바로 드로셀마이어 대부라는 것을 한순간도 의심하지 않았다.

"그런데 대부님은 왜 당신을 도와주지 않았을까? 어째서 도와주지 않은 거지?"

이렇게 한탄하던 마리는 자신이 직접 목격한 치열한 전투가 호두까기 인형의 왕관과 왕국 때문이었다는 생각이 점점 짙어졌다. 그렇다면 모든 인형들이 호두까기 인형의 신하들이니 점성술사의 예언이 현실로 이루어졌고 젊은 드로셀마이어는 인형 나라의 왕이 된 게 맞지 않을까? 영리한 마리는 곰곰이 따져 본 결과 자신이 호두까기 인형과 신하들이 살아 움직인다고 믿기만 한다면 정말로 인형들이 살아 움직일 거라고 믿게 되었다.

하지만 그렇지 않았다. 인형들은 장식장에서 조금도 움직이지 않은 채 가만히 서 있을 뿐이었다. 그렇지만 마리는 믿음을 버리지 않고 오히려 마우제링크스 부인과 머리가 일곱 개 달린 아들의 마법이 아직 풀리지 않았기 때문이라고 생각했다.

마리가 큰 소리로 호두까기 인형에게 말했다.

"친애하는 드로셀마이어 씨, 당신은 움직일 수도 없고 말할 수도 없을지 몰라요. 하지만 난 당신이 내 말을 듣고 있다는 걸 알아요. 그리고 내가 당신을 진심으로 아낀다는 것도 잘 알 거예요. 내 도움이 필요하면 언제든지 도와줄게요. 당신 삼촌의 뛰어난 솜씨가 필요할 때면 언제든지 내가 부탁할게요."

호두까기 인형은 가만히 서 있었다. 하지만 마리는 장식장 유리문 사이로 부드러운 숨소리가 새어 나오는 것을 느꼈다. 겨우 들릴락 말락 할 정도로 희미하지만 마치 종소리처럼 감미로운 목소리가 노래하는 듯 들렸다.

마리 아가씨, 나의 수호천사여,

나는 당신의 것이 될 거예요.

나의 마리 아가씨!

마리는 자기를 덮치는 얼음같이 차가운 전율 가운데에서도 아주 평안한 기분이 들었다.

어느새 날이 어두워졌다. 아버지와 드로셀마이어 대부가 거실로 들어왔다. 곧이어 루이제는 차 마실 준비를 했고 온 가족이 탁자에 빙 둘러앉아 온갖 즐거운 이야기를 나누었다. 마리는 자신의 조그만 의자를 들어 드로셀마이어 대부의 발치에 놓고 앉았다.

모두들 잠잠해졌을 때 마리가 크고 파란 눈으로 드로셀마이어 대부의 얼굴을 똑바로 쳐다보면서 말했다.

"드로셀마이어 대부님, 전 이제 알아요. 제 호두까기 인형이 사실은 대부님의 조카인 뉘른베르크의 젊은 드로셀마이어라는 걸요. 이젠 왕자, 아니 왕이 되었으니 점성술사의 예언대로 이루어졌어요.

그렇지만 대부님도 아시다시피 조카가 마우제링크스 부인의 아들인 흉측한 생쥐 왕과 전투 중이에요. 대부님은 왜 조카를 도와주지 않으시는 거죠?"

마리는 자신이 본 전투 모습을 그대로 들려주었다. 하지만 이야기를 하는 도중에 어머니와 루이제가 자꾸 웃음을 터뜨려서 몇 번이나 멈춰야만 했다. 오직 프리츠와 드로셀마이어 대부님만 진지하게 귀를 기울였다.

마리의 아버지가 말했다.

"도대체 저런 말도 안 되는 이야기를 어디서 들은 거지?"

그러자 어머니가 대답했다.

"맙소사, 저 아이는 원래 상상력이 뛰어나답니다. 아마도 열이 심해서 누워 있을 때 꾼 꿈일 거예요."

이번에는 프리츠가 말했다.

"다 거짓말이야. 빨간 제복을 입은 내 경기병들은 그렇게 겁쟁이가 아니라고! 맙소사, 정말 말도 안 돼! 그렇지 않으면 내가 단단히 혼을 내줄 테니까!"

드로셀마이어 대부는 야릇한 미소를 지으며 마리를 무릎에 앉히고는 어느 때보다 다정한 목소리로 말했다.

"마리, 너는 우리들 중 그 누구보다 훨씬 많은 걸 받았단다. 넌 피클리파트 공주처럼 태어날 때부터 공주였어. 넌 아름다운 왕국을 다스리고 있으니까.

하지만 앞으로 흉측한 외모를 가진 가엾은 호두까기 인형을 돌보려면 힘든 일이 아주 많이 생길 거야. 어디를 가든 생쥐 왕이 호두까기 인형을 못살게 굴 테니까. 호두까기 인형을 구해 줄 수 있는 유일한 사람은 내가 아니야. 오직 너만이 호두까기 인형을 구해 줄 수 있단다. 호두까기 인형을 향한 마음이 변치 않도록 마음을 단단히 먹으렴."

마리뿐만 아니라 가족들 중 누구도 드로셀마이어 대부의 말이 무슨 뜻인지 이해할 수 없었다. 마리의 아버지는 그렇게 이상한 말을 하는 대부의 맥을 짚어 보기까지 했다.

"이보게, 친구, 자네 머리 쪽에 울혈이 있는 것 같군. 내가 처방전을 써주겠네."

마리의 어머니는 생각에 잠긴 표정으로 고개를 저으며 자그맣게 중얼거렸다.

"대부님의 말을 이해할 수 있을 것 같아요. 하지만 그걸 어떻게 말로 표현해야 할지는 모르겠네요."

승리

그로부터 얼마 지나지 않은 어느 날, 달빛이 환하게 비치는 밤에 마리는 방 한쪽 구석에서 들리는 이상한 소리에 잠에서 깼다. 작은 돌멩이가 이리저리 날아다니고 굴러다니는 소리 같았다. 사이사이 "찍찍, 짹짹" 하는 소리도 들려왔다.

"아, 생쥐들이야. 생쥐들이 또 나타났어!"

마리는 겁에 질려 소리치며 어머니를 깨우려고 했다. 하지만 목이 막혀서 입 밖으로 아무런 소리도 낼 수 없었다. 마리는 생쥐 왕이 벽에 난 구멍에서 나오는 모습을 보고도 꿈쩍도 하지 못했다. 생쥐 왕의 눈과 왕관이 번쩍였다. 구멍에서 나온 생쥐 왕은 방 안을 마구 돌아다녔다. 마침내 생쥐 왕은 마리 침대 바로 옆에 놓여 있는 작은 탁자 위로 성큼 뛰어 올라왔다.

"히히히, 알사탕이랑 마지팬을 내놔라! 안 그러면 네 호두까기 인형을 물어뜯겠다. 호두까기 인형을!"

생쥐 왕은 끔찍한 소리를 내며 "바드득바드득" 이를 갈았다. 그러고는 다시 펄쩍 뛰어내려 구멍 속으로 사라졌다.

생쥐 왕의 끔찍한 모습을 보고 겁에 질린 마리는 이튿날 아침에 일어났을 때 얼굴이 하얗게 질려 있었다. 마음속 깊이 흥분하여 한 마디도 할 수 없을 정도였다. 마리는 몇 번이고 어머니나 루이제, 아니면 프리츠한테라도 간밤에 있었던 일을 말하고 싶었다. 하지만 그럴 때마다 이런 생각이 들었다.

'누가 내 말을 믿어 주기나 할까? 오히려 비웃기만 하는 건 아닐까?'

하지만 한 가지만은 분명했다. 호두까기 인형을 구하려면 생쥐 왕에게 알사탕과 마지팬을 줘야만 한다는 사실이다.

마리는 그날 저녁 알사탕과 마지팬을 가능한 잔뜩 모아서 장식장 턱에 올려놓았다. 다음 날 아침 어머니가 말했다.

"도대체 생쥐들이 어디서 거실로 들어오는지 모르겠구나. 가엾은 마리! 생쥐들이 네 과자를 전부 먹어 치웠지 뭐니!"

정말이었다. 안에 아몬드 가루와 설탕을 반죽해 채워 넣은 마지팬은 입에 맞지 않은 듯했지만, 욕심쟁이 생쥐 왕이 날카로운 이로 갉아먹어 전부 내다 버려야만 했다. 마리는 과자가 전부 없어진 것은 아무렇지 않았다. 오히려 호두까기 인형을 구했다는 생각에 기뻤다.

하지만 그날 밤, 귀 바로 옆에서 찍찍거리고 깩깩거리는 소리가 또 다시 들렸을 때에 마리의 마음은 어땠을까? 생쥐 왕이 또 마리 앞에 나타난 것이다. 생쥐 왕의 눈은 지난밤보다 더 무섭게 번득거렸고 이빨 사이로 새어 나오는 휘파람 소리는 더욱 끔찍했다.

"꼬마야, 너의 설탕 인형과 트라거캔스(콩과 나무의 줄기에서 채취한 끈끈한 분비물을 굳힌 물질) 인형을 내놔라. 그렇지 않으면 네 호두까기 인형을 물어뜯겠다. 네 호두까기 인형을!"

생쥐 왕은 그 말만 하고 잽싸게 사라져 버렸다.

다음 날 아침, 마리는 너무도 슬펐다. 장식장으로 가서 설탕 인형과 트라거캔스 인형을 한없이 애처로운 눈길로 바라보았다. 너무도 가슴이 아팠다.

내 이야기를 듣고 있는 마리야, 너는 마리 슈탈바움이 갖고 있는 설탕과 트라거캔스로 만든 인형들이 얼마나 사랑스러운지 상상할 수 없을 거야.

마리 옆에는 잘생긴 양치기 소년이 양치기 소녀와 함께 우유처럼 하얗게 생긴 양떼에게 풀을 먹이고 있었다. 그 옆에는 용감한 개 한 마리도 함께였다. 그 외에도 우체부 두 명이 손에 편지를 들고 있고, 말끔하게 차려입은 청년들과 예쁜 옷을 입은 소녀들 네 쌍이 러시아 그네를 타고 있었다. 몇몇의 춤추는 사람들 뒤에는 마리가 별로 아끼는 인형은 아니었지만 오를레앙의 처녀(독일의 시인이자 극작가인 쉴러의 희곡 제목으로, 오를레앙의 처녀는 잔 다르크를 지칭한다.)가 서 있었다. 장식장 한쪽 구석에는 발그레한 뺨을 가진 소년이 서 있었는데, 마리가 무척 좋아하는 아이였다. 마리의 눈에서 눈물이 쏟아졌다.

마리가 호두까기 인형을 돌아보며 외쳤다.

"아, 친애하는 드로셀마이어 씨, 당신을 구하기 위해서라면 뭐든지 할 수 있어요. 하지만 이건 너무 힘든 일이에요!"

호두까기 인형의 눈에는 눈물이 그득해 보였다. 마치 생쥐 왕이 이 불행한 청년을 삼키기 위해 일곱 개의 입을 쩍 벌리고 있는 모습이 보이기라도 하는 것처럼 말이다. 그 모습을 본 마리는 호두까기 인형을 위해서라면 무엇이든지 희생하기로 결심했다. 그래서 그날 저녁 마리는 마지팬을 올려놓았을 때와 마찬가지로 설탕 인형들을 전부 유리 장식장의 턱에 올려 두었다. 양치기 소년과 소녀, 양들에게 마지막 입맞춤을 했다. 그러고 나서 자기가 가장 아끼는 뺨이 발그레한 트라거캉스 인형을 구석에서 꺼내어 맨 뒤에 놓았다. 그 결과 오를레앙의 처녀는 맨 앞줄에 서야만 했다.

다음 날 아침 어머니가 소리쳤다.

"맙소사! 너무 끔찍해! 커다란 쥐가 장식장 안에 숨어서 돌아다니는 모양이야. 마리의 예쁜 설탕 인형들을 전부 물어뜯고 갉아먹었잖아."

마리는 눈물이 터져 나왔다. 하지만 '그럼 어때? 호두까기 인형은 구했잖아!'라고 생각하니 이내 다시 미소를 지을 수 있었다.

그날 저녁 어머니는 드로셀마이어 대부에게 생쥐 한 마리가 유리 장식장 안을 난장판으로 만들어 놓고 있다는 이야기를 했다.

"장식장 안을 마구 돌아다니면서 마리의 사탕 과자를 먹어 치우는 못된 생쥐 한 마리를 잡지 못하다니 정말 소름끼쳐요."

그러자 프리츠가 신나서 끼어들었다.

"아래층 빵집 주인한테 멋진 회색 고양이가 있어요. 제가 그 고양이를 여기로 데려올게요. 그 고양이라면 순식간에 생쥐의 머리를 물어뜯어서 문제를 해결해 줄 거예요. 그 생쥐가 마우제링크스 부인이든 부인의 아들인 생쥐 왕이든지 말이에요."

어머니가 웃으며 말을 이었다.

"또 있지. 그 고양이는 의자며 탁자며 마구 뛰어올라가 찻잔과 유리컵을 떨어뜨리고 온갖 소란을 피울 거야."

프리츠가 소리쳤다.

"절대 그렇지 않아요! 빵집 고양이는 아주 잽싼 녀석이에요.

나도 그 녀석처럼 지붕 꼭대기로 우아하게 올라가고 싶어요."

고양이를 싫어하는 루이제가 말했다.

"밤에는 고양이가 여기에 없도록 해주세요."

아버지가 말했다.

"프리츠의 생각도 옳아. 하지만 우리는 쥐덫을 놓을 수도 있지! 집에 쥐덫이 있니?"

프리츠가 말했다.

"드로셀마이어 대부님은 쥐덫을 가장 잘 만드세요. 쥐덫을 발명하셨으니까요!"

모두들 웃음을 터뜨렸다.

그런데 어머니가 집에 쥐덫이 하나도 없다고 하자 드로셀마이어 대부는 자기 집에 쥐덫이 많이 있다며 집으로 다시 돌아갔다. 한 시간 후에 돌아온 대부는 근사한 쥐덫 하나를 가지고 왔다. 마리와 프리츠는 대부가 들려준 단단한 호두 이야기가 아주 생생하게 떠올랐다. 요리사인 도레 부인이 베이컨을 굽는 것을 보고 마리는 온몸이 덜덜 떨리기까지 했다.

단단한 호두 이야기로 머릿속이 가득 차 버린 마리는 도레 부인에게 이렇게 말했다.

"아, 왕비님! 마우제링크스 부인과 그 일가친척들을 조심하세요."

그러자 프리츠는 칼을 뽑아 들었다.

"그래, 얼마든지 오너라! 내가 단단히 혼내 줄 테니까!"

하지만 부뚜막 주변은 조용하기만 했다.

드로셀마이어 대부는 가느다란 실에 베이컨을 매달아 놓은 쥐덫을 조심스럽게 장식장 옆에 놓았다.

프리츠가 소리쳤다.

"시계 제작자님, 생쥐 왕한테 골탕 먹지 않도록 조심하세요!"

그날 밤 마리는 정말로 끔찍한 일을 겪어야만 했다. 마리의 팔은 얼음처럼 차가운 것이 이리저리 돌아다니는 듯했고, 두 뺨은 쓰라렸고, 양쪽 귀에서는 "찍찍, 짹짹" 하는 소리가 울러 퍼졌다. 무시무시한 생쥐 왕이 마리의 어깨 위에 올라가 있었다. 떡 벌어진 일곱 개의 입에서는 붉은 피가 뚝뚝 떨어졌다. 생쥐 왕은 이를 "바드득바드득" 갈면서 끔찍하게 무서운 "쉭쉭" 소리를 냈다.

쉭쉭, 쉭쉭, 나는 쥐덫에 들어가지 않지.
먹이를 덥석 집어 먹지도 않지.
그러면 쥐덫에 걸릴 테니까!
쉭쉭, 쉭쉭, 다 내놔, 전부 내놔.
네 그림책이랑 드레스까지 전부 다!
안 그러면 호두까기를 잃게 될 거야.
형체가 사라질 때까지 밤새 갉아먹을 테니까!
히히, 헤헤, 찍찍, 쨱쨱!

마리는 너무도 슬펐다. 아침이 되어 마리의 어머니가 "그 못된 쥐가 아직도 안 잡혔지 뭐니!" 하고 말했을 때 마리는 얼굴이 하얗게 질리고 당혹스러워 보였다.

어머니는 마리가 사탕 과자 때문에 슬픈데다 생쥐가 무서워 그러는 줄 알고 이렇게 덧붙였다.

"하지만 걱정하지 않아도 된단다. 그 못된 생쥐는 반드시 잡아서 없앨 거야. 쥐덫으로 잡히지 않으면 프리츠한테 회색 고양이를 데려오라고 할 테니까."

이윽고 거실에 혼자 남게 된 마리는 장식장으로 가서 호두까기 인형을 보며 흐느꼈다.

"친애하는 드로셀마이어 씨! 저처럼 불행하고 가엾은 소녀가 당신을 위해 뭘 할 수 있을까요? 예수님이 선물로 주신 그림책이랑 예쁜 새 드레스도 전부 다 내줄 수 있어요. 못된 생쥐 왕한테 그걸 전부 다 줄 수 있어요. 하지만 그걸 다 줘도 생쥐 왕은 자꾸만 더 달라고 할 거예요. 나중에 아무것도 줄 게 없으면 생쥐 왕은 당신 대신 날 물어뜯겠지요. 아, 가엾은 제가 어떻게 해야만 할까요? 어떻게 해야 하죠?"

절망에 빠져 슬퍼하던 마리는 호두까기 인형의 목에 전투가 있던 날 밤에 생긴 커다란 핏자국이 남아 있는 것을 보았다. 호두까기 인형이 사실은 드로셀마이어의 조카인 젊은 드로셀마이어라는 것을 알게 된 뒤부터 마리는 호두까기 인형을 품에 안거나 입을 맞추지 않았다. 웬일인지 부끄러워져서 제대로 만질 수도 없었다. 하지만 지금은 조심스럽게 장식장에서 꺼내 손수건으로 핏자국을 문질러 닦기 시작했다. 그런데 갑자기 손에 쥔 호두까기 인형이 따스해지더니 떨리는 것이 느껴졌다. 마리는 얼른 호두까기 인형을 다시 장식장에 넣었다. 그러자 호두까기 인형이 파르르 입술을 떨며 힘겹게 마리에게 속삭였다.

"아, 세상에서 가장 귀한 슈탈바움 아가씨, 소중한 친구여, 당신에게 큰 빚을 졌습니다. 나를 위해 그림책과 예수님이 선물로 주신 드레스까지 희생하지 않아도 됩니다. 나에게 칼을, 칼 한 자루만 구해 주세요. 그러면 나머지는 내가 알아서 하겠습니다. 생쥐 왕이……."

호두까기 인형은 힘에 부쳐서 더 이상 말하지 못했다. 깊은 슬픔이 배어 나오던 두 눈도 멍하니 다시 생기를 잃었다. 마리는 하나도 무섭지 않았다. 오히려 기뻐서 폴짝폴짝 뛰었다. 더 이상 가슴 아프게 뭔가를 바치지 않고도 호두까기 인형을 구할 수 있는 방법을 알게 되었기 때문이다. 하지만 호두까기 인형에게 줄 칼을 어디서 구할 수 있을까?

마리는 프리츠에게 물어보기로 했다. 저녁이 되자 부모님이 모두 외출하여, 마리는 프리츠와 단 둘이 거실 장식장 옆에 앉아 있었다. 마리는 프리츠에게 그동안 자신에게 있었던 호두까기 인형과 생쥐 왕에 관한 일을 전부 다 사실대로 털어놓았다.

호두까기 인형을 꼭 구해야만 하는 이유도. 그런데 프리츠는 마리가 보기에는 전혀 중요하지 않은 일에 신경을 썼다. 바로 자신의 경기병들이 전투에서 형편없는 모습을 보여 준 사실이었다. 프리츠는 진지한 표정으로 그게 정말인지 다시 한 번 물었다. 마리가 틀림없다고 하자 프리츠는 곧바로 장식장 앞으로 가서는 경기병들에게 일장 연설을 늘어놓았다. 그러고 나서 이기적이고 비겁하게 행동한 벌로 모자에 달린 계급장을 차례로 떼어 냈다. 뿐만 아니라 앞으로 1년 동안 경기병 행진곡을 부르는 것을 금지시켰다.

프리츠는 경기병들에게 벌을 다 주고 난 후 마리를 돌아보며 말했다.

"칼이 문제라면 내가 호두까기 인형을 도와줄 수 있어. 어제 기마병들 중에서 나이 든 대령 하나를 퇴역시켰거든. 이제 그 대령에게는 날카롭고 멋진 칼이 더 이상 필요하지 않아."

프리츠에게 퇴역당한 대령은 장식장의 세 번째 칸 가장 구석진 곳에 놓여 있었다. 프리츠는 대령을 끄집어내더니 멋진 은색 칼을 뽑아 호두까기 인형에게 채워 주었다.

그날 밤 마리는 너무 무서워서 잠을 잘 수 없었다. 자정쯤 되자 거실에서 이상한 소음과 고함 소리, 쨍그랑거리는 소리가 들려왔다. 그러더니 갑자기 찍찍거리는 소리가 들려왔다!

"생쥐 왕! 생쥐 왕이야!"

마리는 너무도 놀라 침대에서 뛰쳐나왔다. 하지만 갑자기 고요해졌다. 잠시 후 살며시 문을 두드리는 소리가 들리더니 가느다란 목소리가 들렸다.

"세상에서 가장 귀한 슈탈바움 아가씨! 걱정 말고 문을 열어 주세요. 기쁜 소식이 있답니다!"

마리는 그것이 젊은 드로셀마이어의 목소리라는 것을 알아차렸다. 얼른 외투를 입고 문을 활짝 열었다. 문밖에는 작은 호두까기 인형이 오른손에는 피 묻은 칼을, 왼손에는 양초를 들고 서 있었다. 호두까기 인형은 마리를 보자 한쪽 무릎을 꿇고 말했다.

"아가씨, 당신은 감히 당신을 위협한 자를 무찌를 수 있도록 제게 용기를 무장시켜 주고, 제 팔에 힘을 불어넣어 주었습니다. 생쥐 왕은 완전히 패배해서 피투성이가 된 채 뒹굴고 있습

니다! 아가씨, 당신을 위해서라면 죽음도 마다하지 않을 당신의 기사가 드리는 승리의 표시를 제발 받아 주세요!"

그 말과 함께 호두까기 인형은 왼팔에 걸고 있던 생쥐 왕의 황금 왕관 일곱 개를 솜씨 좋게 빼내 마리에게 바쳤다. 마리는 기쁨에 넘쳐 왕관들을 받아 들었다.

호두까기는 자리에서 일어나며 말을 이었다.

"아, 세상에서 가장 귀한 슈탈바움 아가씨, 적을 무찌른 지금 아가씨에게 부탁드리고 싶습니다. 아가씨에게 멋진 것들을 보여 주고 싶습니다. 부디 몇 걸음만 저를 따라오는 호의를 베풀어 주세요. 부탁드립니다, 귀한 아가씨."

인형 나라

 마음속에 나쁜 뜻이라고는 조금도 없는 한없이 착하고 정직한 호두까기 인형을 따라나서는 것을 망설일 사람은 없을 것이다. 특히 마리는 더더욱 그랬다. 마리는 호두까기 인형이 표현하는 감사의 마음을 믿어도 된다는 사실을 잘 알고 있었다. 마리는 호두까기 인형이 멋진 것을 보여 주겠다는 약속을 지키리라는 것을 확신했다. 그래서 마리는 이렇게 말했다.
 "드로셀마이어 씨, 당신과 함께 가겠어요. 하지만 너무 멀거나 오래 걸리지는 않았으면 좋겠어요. 당신도 알다시피 어제 잠을 제대로 못 잤거든요."

그러자 호두까기 인형이 말했다.

"그래서 조금 험난하지만 가장 가까운 길을 택하고자 합니다."

호두까기 인형이 앞장서고 마리가 뒤따랐다. 호두까기 인형은 복도에 있는 커다랗고 오래된 옷장 앞에서 멈춰 섰다. 마리는 평소에는 꽉 닫혀 있는 옷장 문이 활짝 열려 있는 것을 보고 깜짝 놀랐다. 제일 앞에 아버지의 여행용 여우 털가죽 외투가 걸려 있었다. 호두까기 인형은 옷장의 튀어나온 부분과 장식물을 잡고 능숙하게 기어 올라가 여우 털가죽 외투 뒷부분에 달린 커다란 술을 붙잡았다. 호두까기 인형이 술을 세게 잡아당기자마자 외투의 소매 사이로 삼나무로 정교하게 만든 계단이 하나 내려왔다.

호두까기 인형이 소리쳤다.

"아가씨, 이 계단으로 올라가세요."

옷소매를 지나 목 부분으로 나오자 눈부시게 환한 빛이 눈앞에 펼쳐졌다. 어느새 마리는 향기로운 초원에 서 있었다. 초원에서는 수없이 많은 불빛이 보석처럼 반짝였다.

호두까기 인형이 말했다.

"이곳은 얼음 사탕 초원이랍니다. 하지만 우리는 곧 저 문으로 나갈 거예요."

마리가 위를 올려다보자 몇 걸음 앞에 아름다운 문이 보였다. 그 문은 하얀색과 갈색 그리고 건포도색이 섞인 대리석으로 만들어진 것처럼 보였다. 하지만 가까이 다가가 보니 문 전체가 구운 건포도와 설탕을 입힌 아몬드로 되어 있었다. 호두까기 인형이 설명해 준 대로 '아몬드와 건포도 문'이라고 불리는 이유도 그래서였다. 하지만 품위 없는 사람들은 무례하게도 '간식거리 문'이라고 불렀다.

그 문의 발코니는 맥아당으로 만들어졌는데 그곳에는 빨간 조끼를 입은 원숭이 여섯 마리가 터키 군대 음악을 아름답게 연주하고 있었다. 마리는 음악 소리를 듣느라 알록달록한 타일이 깔린 곳을 지나가고 있다는 사실을 늦게 알아차렸다. 이 타일은 마름모꼴의 사탕 과자로 만들어져 있었다.

길 양쪽으로 펼쳐진 신비로운 작은 숲에서 흘러나오는 달콤한 향기가 호두까기 인형과 마리를 감쌌다. 짙은 나뭇잎 사이로 밝은 빛이 새어 나와 금빛 은빛 열매들이 알록달록한 나뭇가지에 달려 있는 것을 볼 수 있었다. 나뭇가지와 줄기는 리본과 꽃다발로 장식되어 마치 즐거운 신랑, 신부와 흥겨운 결혼 축하객들처럼 보였다. 산들바람처럼 오렌지 향기가 살랑대는가 하면, 줄기와 잎사귀는 웅웅거리고 금장식들은 팔랑여 마치 즐거운 음악 소리처럼 들렸다. 반짝이는 작은 불빛들도 덩달아 폴짝폴짝 뛰고 춤을 추었다.

마리가 황홀해하며 행복에 겨워 외쳤다.

"와, 정말 아름다워요!"

호두까기 인형이 말했다.

"우리는 지금 크리스마스 숲에 와 있답니다."

"아, 여기서 조그만 더 있을 수 있다면! 여긴 정말 아름다워요!"

호두까기 인형이 조그만 손으로 박수를 치자 양치기 소년들과 소녀들, 남자 사냥꾼들과 여자 사냥꾼들이 나타났다. 얼마나 하얗고 보드라운지 그들이 설탕으로만 만들어졌다는 것을 한눈에 알 수 있었다. 마리는 그 인형들이 숲 속을 돌아다니고 있었는데도 알아차리지 못했다. 그 인형들은 금으로 된 의자를 가져와 감초로 만든 하얀 방석을 깔고 정중하게 마리에게 앉으라고 했다. 마리가 의자에 앉자 양치기 소년들과 소녀들은 발레를 추기 시작했고 사냥꾼들은 멋지게 악기를 연주했다. 그러고는 다들 덤불 속으로 사라졌다.

호두까기 인형이 말했다.

"아가씨, 춤이 형편없었던 것을 용서하세요. 모두들 꼭두각시 발레단 무용수들인데 줄로 움직이기 때문에 늘 똑같은 동작만 반복할 수 있을 뿐이지요. 사냥꾼들의 나팔 소리에 힘이 없던 것도 이유가 있답니다. 크리스마스트리에 사탕 바구니가 사냥꾼들 코 높이에 걸려 있는데, 좀 높이 걸려 있기 때문이에요. 우리 좀 더 산책해 볼까요?"

마리가 말했다.

"그래도 전부 다 근사했어요. 모두 제 마음에 꼭 드는걸요!"

마리는 일어나 호두까기 인형을 따라갔다. 둘은 "졸졸" 흐르는 시냇물을 따라 걸었다. 시냇물은 숲 속의 온갖 향기로운 냄새를 전부 머금고 있는 것 같았다.

호두까기 인형이 말했다.

"이건 오렌지 시냇물이랍니다. 향기가 정말 좋지요. 하지만 크기나 아름다움에서는 레모네이드 강을 따라가지는 못한답니다. 레모네이드 강은 아몬드 우유 호수로 흘러들어 가지요."

정말로 얼마 후 힘차게 흐르는 물소리가 들렸고 넓은 레모네이드 강이 나타났다. 레모네이드 강은 초록빛 석류석처럼 빛나는 덤불 사이로 황갈색 물결을 일으키면서 흘러갔다. 아름다운 물줄기에서 뿜어 나오는 신선함이 마리의 가슴을 시원하게 해 주었다. 거기서 멀리 떨어지지 않은 곳에서는 짙은 노란색 강이 너무도 달콤한 향기를 퍼뜨리면서 천천히 흘러갔다. 사랑스러운 아이들이 강가에 앉아서 작지만 통통한 물고기를 낚아 곧바로 먹어 치우고 있었다. 좀 더 가까이 다가가자 마리는 물고기들이 헤이즐넛처럼 생겼음을 알게 되었다.

좀 떨어진 강변에는 아주 작고 예쁜 마을이 있었다. 옹기종기 붙은 집과 교회, 목사관, 헛간은 전부 짙은 갈색이었고 지붕은 황금색이었다. 또 많은 벽들이 마치 레몬 껍질과 아몬드 알맹이를 붙여 놓은 것처럼 알록알록하게 칠해져 있었다.

호두까기 인형이 말했다.

"생강 과자 마을이에요. 저 마을 옆에는 꿀로 된 강이 흐르지요. 마을에는 아주 멋진 사람들이 살고 있답니다. 하지만 다들 치통이 심해서 대부분 얼굴을 찡그리고 있어요. 그러니 저 마을에는 들르지 않는 게 좋겠어요."

바로 그때 마리의 눈에 알록달록하고 안이 훤히 비치는 오두막들로 이루어진 조그만 마을이 들어왔다. 호두까기 인형은 곧장 그쪽으로 향했다. 잠시 후 마리는 흥겹게 떠드는 소리를 들을 수 있었다. 조그맣게 생긴 수많은 사람들이 짐을 잔뜩 실은 채 장터에 서 있는 수레를 살펴보면서 짐을 내리는 광경이 보였다. 사람들이 수레에서 내린 것은 알록달록한 종이와 네모난 초콜릿이었다.

호두까기 인형이 말했다.

"이곳은 사탕 마을이랍니다. 종이 나라와 초콜릿 왕이 보낸 물건이 방금 도착했군요. 가엾게도 사탕 마을 사람들은 얼마 전 모기 제독이 이끄는 해군에 심한 위협을 받았답니다. 그래서 종이 나라에서 선물로 보내 준 종이로 집을 덮고 초콜릿 왕이 보내 준 초콜릿으로 보루를 쌓으려는 거랍니다. 하지만 아가씨, 이 나라의 작은 도시와 마을들을 모두 다 방문할 수는 없어요. 이제 수도로 가보죠. 수도로!"

마리는 호기심을 안고 서둘러 출발하는 호두까기 인형의 뒤를 따랐다. 얼마 되지 않아 은은한 장미향이 솟아올라 왔고, 모든 것이 마치 은은한 향기를 내뿜는 장밋빛 미광에 둘러싸인 듯했다. 마리는 그것이 장밋빛으로 붉게 빛나는 물 때문이라는 것을 알아차렸다. 물은 자그만 분홍빛과 은빛 파도를 일렁이며, 마치 아름다운 음표와 멜로디처럼 "퐁퐁" 흘러가고 있었다. 큰 호수처럼 점점 더 넓게 퍼져 가는 아름다운 물결 위로 황금 목걸이를 두른 은백색 백조들이 저마다 경쟁이라도 하듯 아름다운 목소리로 노래하며 헤엄치고 있었다. 장밋빛 물결에서는 조그만 다이아몬드빛 물고기가 즐겁게 춤추듯 물 위로 떠올랐다 사라졌다.

마리가 열광적으로 소리쳤다.

"아, 드로셀마이어 대부님이 나한테 만들어 주겠다고 한 연못이 분명해요. 사랑스러운 백조들을 쓰다듬어 주는 소녀가 바로 나예요."

호두까기 인형은 비웃는 듯한 웃음을 지었다. 마리가 호두까기 인형에게서 한 번도 본 적 없는 표정이었다. 호두까기 인형이 말했다.

"아무리 대부님이라도 이런 호수는 만들지 못할 거예요. 친애하는 슈탈바움 아가씨라면 모를까. 그 얘기는 그만하기로 하고 장미 호수를 건너 수도로 갑시다."

인형 나라의 수도

 호두까기 인형이 작은 손으로 또 손뼉을 치자 장미 호수의 물살이 빨라지고 파도가 점점 높아지기 시작했다. 마리는 저 멀리서 황금빛 돌고래 두 마리가 조가비 모양의 배를 끌고 오는 모습을 보았다. 그 배는 찬란하게 번쩍이는 보석으로 만들어졌다.
 사랑스러운 열두 명의 꼬마 흑인들이 반짝이는 벌새 깃털로 짠 모자를 쓰고 앞치마를 두른 채 호숫가로 뛰어 내렸다. 꼬마 흑인들은 마리와 호두까기 인형을 차례로 배에 태우고 천천히 호수를 향해 나아갔다.

아, 장미향으로 둘러싸인 채 조가비 배를 타고 장밋빛 물결을 가르며 나아가는 기분이라니. 황금빛 돌고래 두 마리는 콧구멍을 치켜들고 수정처럼 투명한 물줄기를 뿜었다. 물줄기는 반짝이는 곡선을 그리며 떨어졌다. 그러자 마치 두 마리의 돌고래들이 멋지고 우아한 목소리로 노래하는 듯했다.

장미 호수에서는 누가 헤엄치지?

맙소사! 모기들이 헤엄치지! 윙윙.

물고기들이 헤엄치지!

정말 근사하구나!

슉슉, 백조들이 헤엄치지!

연못은 어디에 있지?

살랑살랑, 금붕어들이 헤엄치지!

트랄랄라라, 물결이 좔좔 흐르네!

장미 호수에는 천사들, 천사들도 있지!

날개를 펴고 노래하네!

하지만 조가비 배 뒤에 탄 열두 명의 꼬마 흑인들은 물줄기의 노랫소리가 별로 마음에 들지 않는 모양이었다. 대추야자 잎으로 된 양산을 접어서 부러질 때까지 세차게 흔들어 댔다. 그리고 이상한 박자에 맞춰 발을 구르기까지 했다.

> 발을 구르며 탕탕쿵쿵! 위로, 아래로!
> 흑인들은 춤을 추지, 노래를 부르지!
> 물고기들아, 길을 비켜라!
> 백조들도 길을 비켜라!
> 발을 구르며 탕탕쿵쿵! 위로, 아래로!

호두까기 인형은 약간 당황하면서 말했다.
"흑인들은 아주 재미있다니까요. 맙소사, 강 전체가 거세게 반항하겠는걸!"
그런데 정말로 마치 호수에서 그리고 허공에서 떠도는 듯한 신기한 목소리들이 뒤섞여 떠들썩해졌다. 하지만 마리는 그것들에는 별 관심을 기울이지 않았다. 그 대신 장미향이 퍼지는

물결을 바라보았다. 물결마다 우아하고 아름다운 얼굴로 미소 짓는 마리를 향해 미소로 답해 주었다.

"아, 저기 좀 보세요, 드로셀마이어 씨! 저 아래에 피를리파트 공주가 있어요. 저를 보며 상냥하게 웃고 있어요. 저기 좀 보세요, 드로셀마이어 씨!"

하지만 호두까기 인형은 한숨을 내쉬며 말했다.

"세상에서 가장 귀한 슈탈바움 아가씨, 그건 피를리파트 공주가 아니라 바로 아가씨 자신이랍니다. 장밋빛 물결을 향해 그렇게 상냥하게 미소 짓고 있는 건 바로 당신이랍니다."

마리는 부끄러워서 고개를 돌리고 눈을 꼭 감았다. 바로 그때 열두 명의 흑인들이 마리를 안아서 강가로 데려갔다. 이제 마리는 크리스마스 숲보다 더 아름다운 조그마한 숲에 와 있었다. 모든 것이 반짝반짝 빛났다. 특히 모든 나무에 매달려 있는 신기한 열매들은 감탄이 절로 나왔다. 색깔도 무척 신기했을 뿐만 아니라 너무도 좋은 향기가 났다.

호두까기 인형이 말했다.

"우리는 지금 젤리 숲에 와 있어요. 저기가 수도랍니다."

마리의 눈앞에 어떤 광경이 펼쳐졌을까? 마리의 눈앞에 펼쳐진 아름답고 화사한 도시를 어떻게 설명해야 할까?

 꽃이 만발한 풍성한 초원 위로 드넓게 펼쳐진 이 도시의 담장과 탑들은 화려한 색으로 칠해져 있었다. 뿐만 아니라 집들은 지붕 대신 섬세하게 주름 잡힌 화환이 얹혀 있었고, 탑 꼭대기는 알록달록하고 싱싱한 나뭇잎으로 장식되어 있었다.

 마리와 호두까기 인형이 마카롱과 설탕을 입힌 과일로 만들어진 것처럼 보이는 성문으로 들어서자 은으로 된 병사들이 '받들어, 총!' 자세를 취했고 비단옷을 입은 작은 인형이 호두까기 인형을 얼싸안으며 말했다.

 "어서 오세요, 왕자님. 사탕 과자 성에 오신 것을 환영합니다!"

 마리는 신분이 높아 보이는 남자가 젊은 드로셀마이어를 왕자라고 불러서 깜짝 놀랐다. 하지만 이내 환호하며 웃는 소리, 악기를 연주하고 노래하는 소리들이 터져 나와서 마리는 더 이상 깊이 생각할 수 없었다. 그 대신 마리는 호두까기 인형에게 이게 어찌된 일인지 물었다. 호두까기 인형이 대답했다.

 "세상에서 가장 귀한 슈탈바움 아가씨, 하나도 놀랄 만한 일이 아니랍니다. 사탕 과자 성은 언제나 즐겁고 많은 인형들로 북적거리기 때문에 늘 이렇거든요. 계속 가보도록 하지요."

몇 걸음 더 걸어가 보니 커다란 시장이 나왔다. 정말로 신나는 광경이 펼쳐졌다. 시장을 둘러싼 집들은 문이 사탕으로 되어 있었다. 발코니 위에 발코니가 계속 이어져 있었고, 그 가운데에는 탑을 대신해 층층이 높이 쌓아 설탕을 뿌린 케이크 탑이 서 있었다. 그 주변에는 아주 정교하게 만들어진 분수 네 개가 아몬드 시럽과 레모네이드를 비롯한 여러 맛있고 달콤한 음료수들을 뿌리고 있었다. 게다가 분수대 안에는 언제든지 떠먹을 수 있는 새하얀 크림들이 가득했다.

하지만 무엇보다 가장 사랑스러운 것은 꼬마 사람들이었다. 수천 명이나 되는 꼬마 사람들이 머리를 맞대고 몰려와, 환호성을 지르고 웃고 장난치며 노래를 불렀다. 조금 전 마리가 멀리서 들었던 바로 그 흥겹고도 시끄러운 함성 소리였다. 멋진 숙녀들과 신사들, 그리스인들, 아르메니아인들, 유대인들, 티롤 사람들, 장교들과 병사들, 목사들, 양치기들, 어릿광대들 등 이 세상에서 볼 수 있는 사람들은 죄다 모여 있었다.

한쪽 구석에서 기쁜 함성 소리가 점점 커지더니 사람들이 두 갈래로 갈라섰다. 무굴 제국(인도 제국을 통치한 이슬람 왕조)의 황제가 가마를 타고 거인 93명과 노예 700명을 거느리고 지나가고 있었기 때문이다. 그러나 또 다른 쪽에서는 500명의 회원으로 이루어진 어부 조합이 축제 행렬을 이루고 있었다. 그뿐만이 아니었다. 터키의 술탄(아랍어로 왕을 뜻한다.)이 3,000명이나 되는 병사들을 이끌고 시장을 지나려고 했다. 이 많은 사람들 때문에 시장 안은 더욱 복잡해졌다. 게다가 〈중단된 감사절 축제〉 오페라단의 긴 가장 행렬이 노래를 하고 북을 치며 그 뒤를 따랐다. 오페라단은 〈위대한 태양에 감사하라!〉는 노래를 부르며 케이크 탑을 향해 전진해 왔다.

사람들은 수많은 인파에 이리저리 밀치고 떠밀렸고, "꽥" 하는 비명 소리도 들려 왔다.

곧 이어 슬프게 우는 소리도 들려 왔다. 한 어부가 사람들에게 떠밀리는 바람에 브라만(인도의 계급 중 가장 높은 성직자 계급) 승려와 부딪혀 그 승려의 머리가 바닥으로 떨어졌고, 무굴 제국의 황제는 어릿광대에게 밟힐 뻔했다.

요란하게 웅성거리는 소리가 점점 더 커지더니 사람들은 서로 달려들거나 때리기 시작했다. 그때 비단옷을 입은 남자가 케이크 탑 위로 기어 올라갔다. 아까 성문에서 호두까기 인형을 왕자라고 부르며 환대해 준 사람이었다. 그 남자는 종을 세 번 친 후 큰 소리로 세 번 외쳤다.

"과자 굽는 사람! 과자 굽는 사람! 과자 굽는 사람!"

그러자 바로 요란스럽던 소리가 사그라지더니 모두들 자기 자리로 돌아갔다. 복잡하게 뒤엉켰던 인파도 정돈되기 시작했다. 넘어지는 바람에 지저분해진 무굴 제국 황제도 몸을 깨끗이 털었고 브라만 승려의 머리도 제자리로 돌아오면서 조금 전과 같은 즐겁고 활기찬 분위기를 되찾았다.

마리가 물었다.

"친애하는 드로셀마이어 씨, 과자 굽는 사람이라고 외친 이유가 뭐죠?"

호두까기 인형이 대답했다.

"세상에서 가장 귀한 마리 아가씨, 이곳에서 '과자 굽는 사람'은 신비하면서도 무시무시한 힘을 행사하는 것으로 알려져 있어요. 사람들은 과자 굽는 사람이 자신들에게 무슨 짓이든 할 수 있다고 생각해요. 그래서 이 작고 활기찬 인형 나라의 사람들은 그 이름만 나와도 시끌벅적한 소동이 금방 잠잠해질 정도로 무서워한답니다. 방금 시장님이 보여 준 것처럼 말이에요. 그 이름을 듣는 순간 부러진 갈비뼈나 머리에 난 혹 같은 모든 세속적인 일 따위는 전혀 생각하지 않게 됩니다. 그 대신 자신을 돌아보면서 이렇게 묻게 되지요. 인간이란 무엇이며, 무엇이 될 수 있는가?"

그 순간 마리는 감탄이 절로 나와 탄성을 지르지 않을 수 없었다. 마리의 눈앞에 갑자기 수백 개의 탑이 솟아 있고, 붉은 장밋빛으로 반짝이는 성이 하나 나타난 것이다. 성벽은 제비꽃, 수선화, 튤립, 카네이션으로 풍성하게 엮은 꽃다발로 장식되어 있었다. 강렬한 꽃 색깔은 눈이 부셨고 성벽의 하얀 색깔과 대조를 이루며 더욱 붉어 보였다. 가운데 건물의 돔처럼 커다랗고 둥글게 생긴 지붕과 피라미드 모양을 한 탑의 지붕은 수많은 금빛 은빛 별로 뒤덮여 있었다.

호두까기 인형이 말했다.

"우리는 지금 마지팬 성에 와 있답니다."

마리는 매혹적인 성에 온통 시선이 뺏겼다. 그러던 중 어떤 큰 탑의 지붕 하나가 완전히 사라진 것을 발견했다. 계피 막대로 만든 틀 위에 작은 인형들이 서 있었는데, 지붕을 새로 만들려는 것 같았다. 마리가 묻기도 전에 호두까기 인형의 말이 이어졌다.

"얼마 전에 이 아름다운 성이 부서질 위험에 처했어요. 완전히 무너질 수도 있었지요. 단 것을 좋아하는 거인이 와서는 지붕을 뜯어 먹었거든요. 가운데 커다랗고 둥그스름한 지붕도 갉아먹었어요. 사탕 과자 나라 백성들은 도시뿐 아니라 사탕 과자 숲까지 공물로 바쳐야 했답니다. 거인은 그것들을 배불리 먹어 치운 후에야 가버렸지요."

그 순간 감미로운 음악이 들리면서 성문이 열리고 작은 시동 열두 명이 자그만 손에 정향나무 줄기를 횃불처럼 들고 나왔다. 진주로 된 머리와 루비와 에메랄드로 된 몸을 가진 시동들은 순금으로 만들어진 자그마한 발로 앙증맞게 걸었다.

그 뒤를 마리의 인형 클레르헨 아가씨 정도만 한 귀부인 네 명

이 따르고 있었다. 우아하고 화려한 차림을 하고 있는 모습을 보고 마리는 귀부인들이 태어날 때부터 공주였다는 것을 확신할 수 있었다.

귀부인들은 호두까기 인형을 부드럽게 껴안으며 애절한 기쁨을 표시했다.

"아, 왕자여! 우리 왕자, 우리 동생!"

호두까기 인형은 감격에 겨워 보였다. 자꾸만 앞을 가리는 눈물을 닦아 내고 마리의 손을 잡더니 자랑스럽게 말했다.

"슈탈바움 아가씨예요. 존경받는 의사 선생님의 따님이고 제 목숨을 구해 준 은인입니다. 아가씨가 제때 실내화를 벗어 던지지 않았더라면, 퇴역한 대령의 칼을 나에게 구해 주지 않았더라면 전 생쥐 왕에게 온통 물어뜯긴 채 무덤에 누워 있었을 거예요! 아, 슈탈바움 아가씨! 태어날 때부터 공주라고 해도 피를리파트를 아가씨의 아름다움과 상냥함 그리고 미덕에 견줄 수 있을까요? 아닙니다. 절대로 비교할 수 없습니다!"

그러자 귀부인들도 함께 소리쳤다.

"맞아요!"

그리고 귀부인들은 마리를 끌어안고 흐느꼈다.

"아, 우리 동생이자 왕자를 구해 준 생명의 은인 슈탈바움 아가씨!"

  귀부인들은 마리와 호두까기 인형을 성안으로 데려갔다. 성안은 무척이나 넓었고 벽은 알록달록 찬란하게 빛나는 수정으로 되어 있었다. 하지만 무엇보다 마리의 마음에 들었던 것은 작고 앙증맞은 의자와 탁자, 서랍장, 책상이었다. 모두 히말라야 삼나무나 브라질 나무로 만들어져 있었고, 위에는 황금색 꽃들이 흩뿌려져 있었다. 귀부인들은 마리와 호두까기 인형에게 자리를 권하고 직접 식사를 준비하기 시작했다! 앙증맞은 냄비와 일본산 고급 도자기, 칼과 숟가락, 포트, 강판, 찜통, 그 밖에 금과 은으로 된 도구를 내왔다. 그런 다음 마리가 한 번도 본 적 없는 예쁜 과일과 사탕 과자를 가져왔다. 희고 자그만 손으로 과일을 힘껏 짜고 양념을 빻고 설탕 입힌 아몬드를 갈기 시작했다. 귀부인들은 공주지만 부엌일을 무척이나 잘했다. 맛있는 식사가 척척 준비되고 있었다.

  마리는 공주인 귀부인들이 부엌일을 매우 잘한다고 생각하면서 내심 공주들과 함께 해보고 싶었다. 호두까기 인형의 가장 예쁜 누나가 마리의 마음을 읽기라도 한 듯 조그만 황금 절구를 주면서 말했다.

"아, 귀여운 친구, 내 동생의 생명의 은인, 이 얼음 사탕을 조금만 빻아 주세요!"

마리는 신나게 얼음 사탕을 빻았다. 그러자 마치 멋진 음악처럼 매력적인 소리가 흘러나왔다.

한편 호두까기 인형은 자신의 이야기를 자세히 늘어놓기 시작했다. 자신이 이끄는 군대와 생쥐 왕의 치열했던 전투와 비겁한 병사들 때문에 질 수밖에 없었던 이야기를 해주었다. 또 흉측한 생쥐 왕이 자기를 조각조각 물어뜯어 버리려고 해서 마리가 여러 인형들을 희생시킬 수밖에 없었던 이야기도 했다.

그 이야기를 듣고 있는 동안 마리는 호두까기 인형의 목소리와 절구 빻는 소리가 점점 멀어지고 아득해지는 것 같았다. 잠시 후 은빛 장막이 마치 가느다란 안개구름처럼 피어올랐고, 마리는 공주들과 시동들, 호두까기 인형이 둥실 떠다니는 것을 보았다. 아주 이상한 노랫소리와 붕붕, 윙윙대는 소리가 들려오다가 점점 멀어져 갔다. 마리는 마치 파도에 흔들리듯 점점 높이, 더 높이 위로 떠올랐다.

끝

획! 슉! 마리는 끝없이 높은 곳에서 떨어졌다. 충격이 엄청났다! 마리가 눈을 떴을 때는 자신의 작은 침대에 있었다. 날이 환하게 밝아 있었다. 앞에 서 있는 어머니가 말했다.

"어쩜 이렇게 오래 자니? 아침 식사도 벌써 준비되어 있단다."

지금 이 이야기를 듣고 있는 너는 마리가 온갖 신기하고 아름다운 것들을 구경하다가 마지막으로 마지팬 성에서 잠이 들었다는 것을 눈치챘을 거야. 잠든 마리를 흑인들이나 시동들, 아니면 공주들이 직접 집으로 데려와 침대에 눕혔다는 것도 말이지.

"아, 엄마! 엄마! 어젯밤에 젊은 드로셀마이어 씨가 나를 데려가서 정말로 멋진 구경을 시켜 주었어요!"

마리는 어머니에게 간밤에 있었던 일을 전부 이야기했다. 어머니는 너무 놀란 나머지 입을 떡 벌리고 마리를 쳐다보았다. 마리의 이야기를 다 듣고 어머니가 말했다.

"정말 길고 멋진 꿈을 꿨구나. 하지만 이제 그런 것들을 전부 머릿속에서 지워 버려야 해."

하지만 마리는 꿈이 아니라 직접 봤다고 주장했다. 그러자 어머니는 마리를 장식장 앞으로 데려가 여느 때처럼 세 번째 칸에 서 있는 호두까기 인형을 꺼내 보여 주었다.

"바보 같기는. 뉘른베르크에서 만들어진 이 나무 인형이 어떻게 살아 움직인다는 거니?"

마리가 끼어들었다.

"하지만 엄마, 이 작은 호두까기 인형은 뉘른베르크의 젊은 드로셀마이어예요!"

어머니와 아버지가 큰 소리로 웃음을 터뜨렸다. 마리는 거의 울음을 터뜨릴 뻔했다.

"아빠도 내 호두까기 인형을 비웃는 거예요? 호두까기 인형은 아빠에 대해 아주 좋게 말했는데. 마지팬 성에 도착했을 때 누나인 공주들한테 나를 소개하면서 아빠가 매우 존경받는 의사 선생님이라고 했단 말이에요!"

이번에는 루이제와 프리츠마저 아주 크게 웃음을 터뜨렸다. 마리는 옆방으로 뛰어 들어가 작은 상자에서 생쥐 왕의 일곱 개 왕관을 꺼내 어머니에게 건네주었다.

"이것 좀 보세요, 엄마! 생쥐 왕의 일곱 개 왕관이에요. 젊은 드로셀마이어가 어젯밤에 승리의 표시로 나에게 주었어요!"

어머니는 깜짝 놀라며 자그마한 왕관을 살펴보았다. 비록 무엇인지 정확히 알 수는 없지만 매우 반짝이는 금속으로 만들어진 왕관은 인간이 만들었다고는 할 수 없을 정도로 정교했다. 아버지도 작은 왕관을 한참 동안이나 들여다보았다. 어머니와 아버지는 마리에게 그 왕관이 어디서 났냐며 심하게 다그쳐 물었다. 마리는 지금까지 한 이야기를 되풀이할 뿐이었다.

아버지는 마리를 거짓말쟁이라고 심하게 꾸짖었다. 마리는 울음을 터뜨리며 소리쳤다.

"난 정말 불쌍한 아이야! 지금까지 말한 게 다 사실인데!"

그때 문이 활짝 열렸다. 고등법원 판사 드로셀마이어 대부가 들어서며 외쳤다.

"아니, 이게 무슨 일이야? 무슨 일 있어? 우리 예쁜 마리가 왜 울고 있는 거야? 응? 무슨 일이야?"

아버지는 지금까지 있었던 일을 전부 설명해 주고 작은 왕관들을 보여 주었다. 고등법원 판사는 왕관을 보자마자 웃음을 터뜨리더니 말했다.

"말도 안 되는 소리! 말도 안 되는 소리! 이 작은 왕관들은 내가 수년 전에 내 시계 줄에 매달았던 왕관들인걸. 마리가 두 살이 되었을 때 생일 선물로 준 거잖아요. 모두 잊어버린 거요?"

마리의 아버지와 어머니는 그 일을 기억하지 못했다. 하지만 마리는 부모님의 표정이 다시 밝아진 것을 보고 드로셀마이어 대부에게 달려가 소리쳤다.

"대부님은 전부 다 아시잖아요! 호두까기 인형이 대부님의 조카, 뉘른베르크의 젊은 드로셀마이어라는 걸 엄마, 아빠에게 말씀해 주세요! 나한테 이 왕관들을 줬다는 것도 말이에요."

그러나 고등법원 판사는 얼굴을 찌푸리면서 중얼거렸다.

"말도 안 되는 소리야."

아버지는 어린 마리의 양팔을 잡고 단단히 일렀다.

"잘 들어라, 마리. 그런 허튼 이야기는 이제 그만해! 못생긴 호두까기 인형이 고등법원 판사님의 조카라는 말을 한 번만 더 했다가는 네 인형들을 전부 창문 밖으로 던져 버릴 거야. 호두까기 인형뿐만 아니라 클레르헨 아가씨까지 전부 다!"

가엾은 마리는 더 이상 마음속에 있는 이야기를 입 밖으로 꺼낼 수 없게 되었다.

마리가 경험했던 것처럼 멋지고 아름다운 일들은 결코 잊어버릴 수 없다는 것을 너희들도 짐작할 거야. 프리츠조차 마리가 행복한 시간을 보낸 신비로운 인형 나라 이야기를 하려고 하면 등을 돌렸단다. 그리고 프리츠는 이따금씩 "정말 바보 같다니까!" 하고 중얼거리기도 했어.

호두까기 인형에게 칼을 구해 주기까지 한 프리츠가 정말로 그런 말을 했다니 믿기가 어려웠지만 사실이었어. 프리츠는 더 이상 마리의 말을 믿지 않았고 경기병들에게 정식으로 사과하기까지 했어. 부당한 고통을 준 것에 대해서 말이다. 프리츠는 경기병들에게 떼어 냈던 계급장을 대신해서 훨씬 멋진 거위 깃털로 장식해 주었고 다시 경기병 행진곡을 연주할 수 있도록 해 주었단다. 하지만 경기병들이 흉측한 총알에 맞아 자기들이 입은 빨간 상의에 얼룩이 생기자 어떻게 행동했는지는 우리들이 더 잘 알고 있지 않니.

마리는 자기가 겪은 모험에 대해 이젠 더 이상 이야기할 수 없었지만, 신비로운 인형 나라의 모습들은 다정하고 감미로운 음악 소리와 함께 머릿속에 두둥실 떠올랐다. 조금 더 그 영상에 집중을 하면 모든 것이 생생하게 되살아났다. 그래서 마리는 평소처럼 놀지 않고 가만히 앉아서 깊은 생각에 잠겨 있는 일이 많아졌다. 식구들이 '몽상가'라고 놀릴 정도였다.

어느 날 고등법원 판사가 마리네 집에서 고장 난 시계를 고치고 있었다. 마리는 장식장 옆에 앉아 깊은 꿈속에 잠긴 듯 호두까기 인형을 바라보았다. 그리고 자기도 모르게 외쳤다.

"아, 친애하는 드로셀마이어 씨! 당신이 정말로 살아 있다면 난 피를리파트 공주처럼 당신을 버리지 않을 거예요. 왜냐하면

당신은 나 때문에 잘생긴 외모를 잃게 되었으니까요!"

 바로 그때 고등법원 판사가 소리쳤다.

"말도 안 되는 소리야!"

 그때 무엇이 툭 떨어지며 "뚝딱" 하는 소리가 났고 마리는 정신을 잃고 의자에서 떨어졌다.

 마리가 깨어났을 때 이리저리 바쁘게 마리를 보살펴 주던 어머니가 말했다.

"다 큰 애가 의자에서 떨어지다니! 고등법원 판사님의 조카가 방금 뉘른베르크에서 왔단다. 얌전하게 굴어야 한다!"

 마리는 고개를 들었다. 고등법원 판사가 유리 섬유로 된 가발을 쓰고 노란색 외투를 입은 채 매우 기쁜 듯 미소 짓고 있었다. 고등법원 판사는 키는 작지만 꽤 다부진 체격을 한 젊은이의 손을 잡고 있었다. 하얗고 발그레한 얼굴의 그 젊은이는 황금색이 들어간 근사한 빨간 외투에 하얀색 비단 구두와 양말을 신고 작고 예쁜 꽃다발을 가슴 부분의 주름 장식에 꽂고 있었다. 머리는 아주 귀엽게 말아서 분을 발랐고, 등 뒤에는 근사한 머리채

가 달려 있었다. 허리에 찬 작은 칼은 보석이 박혀 있는 듯 반짝거렸고 비단으로 짠 모자를 겨드랑이에 끼고 있었다.

마리를 위해 멋진 장난감을 잔뜩 가져온 것만 보아도 젊은이가 매우 상냥한 성격임을 알 수 있었다. 젊은이는 마리에게 맛있는 마지팬과 생쥐 왕이 물어뜯은 것과 똑같이 생긴 인형들을 가져왔고 프리츠에게는 근사한 칼을 선물했다.

이 예의 바른 젊은이는 식사 시간에 모두를 위해 호두를 까주었다. 젊은이는 아무리 단단한 호두라도 깰 수 있었다. 오른손으로 호두를 집어 입 안에 넣고 왼손으로 머리채를 잡아당기면 "딱" 소리가 나면서 호두가 두 조각으로 갈라졌다!

마리는 멋진 젊은이를 바라보면서 두 뺨이 붉어졌다. 식사가 끝난 후 젊은 드로셀마이어가 마리에게 거실에 있는 장식장으로 함께 가자고 했을 때에는 한층 더 얼굴이 붉어졌다.

고등법원 판사가 소리쳤다.

"얘들아, 사이좋게 놀려무나. 이제 시계들이 전부 잘 움직이고 있으니까 가서 놀아도 된단다."

마리와 단 둘이 있게 되자 젊은 드로셀마이어는 한쪽 무릎을 꿇고 말했다.

"세상에서 가장 귀한 슈탈바움 아가씨, 당신의 발에 무릎 꿇은 이 행복한 드로셀마이어를 보세요. 바로 이 자리에서 당신이 내 목숨을 구해 주셨습니다! 친절한 마리 아가씨, 당신 때문에 내 모습이 흉측하게 변했다면 피를리파트 공주처럼 버리지 않겠다고 말해 주셨지요. 바로 그 순간 저는 더 이상 초라한 호두까기 인형에서 예전의 흉하지 않은 모습으로 돌아갈 수 있었답니다. 아, 귀한 마리 아가씨! 부디 제 청혼을 받아 주세요. 부디 저와 함께 마지팬 성에 살면서 인형 나라를 다스려 주세요. 저는 이제 인형 나라의 왕이 되었답니다!"

마리는 젊은 드로셀마이어를 일으켜 세우고는 조용히 말했다.

"친애하는 드로셀마이어 씨! 당신은 너무도 다정하고 너그러운 분이세요! 게다가 또 그렇게 멋지고 쾌활한 사람들이 사는 아름다운 나라를 다스리신다니, 당신의 청혼을 받아들이겠어요!"

그렇게 하여 마리는 드로셀마이어를 남편으로 맞이하게 되었다.

일 년 뒤 드로셀마이어는 은색 말들이 이끄는 황금 마차를 타고 마리를 데리러 왔다고 한다. 2만 2천 개나 되는, 진주와 다이아몬드로 장식된 화려한 인형들이 춤을 추었다.

마리는 지금도 그 나라의 왕비라고 한다. 그런데 그 나라에서는 반짝이는 크리스마스 숲과 투명한 마지팬 성과 세상에서 가장 화려하고 놀라운 것들을 볼 수 있다고 한다. 그것들을 볼 수 있는 눈을 갖고 있기만 하다면 말이다.

*
**

여기까지가 호두까기 인형과 생쥐 왕에 대한 이야기다.

지은이 E.T.A. 호프만

환상적인 작품 세계로 유명한 독일 낭만주의 시대의 대표 작가다. 법학을 전공했고 프로이센 법률관을 지냈다. 그 뒤 음악에 열중하여 밤베르크에서 악단 지휘자로 일하며 음악가로서의 평판을 쌓아 나갔다. 1806년 베를린으로 이주하여 숨을 거두기 전까지 8년 동안, 낮에는 법관으로 일하고 밤에는 글 쓰는 일에 몰두하는 '이중 생활'을 하여 '도깨비 호프만', '밤의 호프만'이라는 별명으로 불리기도 했다. 현실과 환상이 어우러진 신비로운 분위기의 작품을 열정적으로 펴냈다.
대표작은 「호두까기 인형」이며, 그 외 「악마의 묘약」, 「황금 단지」, 「브람빌라 공주」 등의 작품을 남겼다.

옮긴이 정지현

충남대학교 자치행정과를 졸업한 후 현재 번역에이전시 하니브릿지에서 아동서 및 소설 전문 번역가로 활동하고 있다. 주요 역서로는 「오페라의 유령」, 「하이디」 등 다수가 있다.

그린이 규하

최초의 순정만화 잡지 「르네상스」 신인 코너로 데뷔했다. 단편만화와 일러스트 위주의 작업을 해오다 삼성출판사의 「신데렐라」를 시작으로 동화 일러스트계에 입문했다. 「아라비안 나이트」, 「셰익스피어 이야기」, 「눈의 여왕」, 「인어 공주」, 「걸리버 여행기」, 「피터 팬」, 「성냥팔이 소녀」 등 많은 명작의 그림 작업을 했다.

호두까기 인형 아름다운고전시리즈 ⑮

지은이 | E.T.A. 호프만   **그린이** | 규하   **옮긴이** | 정지현
펴낸이 | 김종길   **펴낸 곳** | 인디고
편집 | 이은지·이경숙·김보라·김윤아·안수영   **영업** | 김상윤
디자인 | 엄재선·박윤희   **관리** | 박지응   **마케팅** | 정미진·김민지
출판등록 1998년 12월 30일 제2013-000314호   **주소** | (04209) 서울시 마포구 월드컵북8길 41 (서교동483-9)
홈페이지 | indigostory.co.kr   **전화** | (02)998-7030   **팩스** | (02)998-7924
이메일 | geuldam4u@naver.com   **블로그** | blog.naver.com/geuldam4u
페이스북 | www.facebook.com/geuldam4u
초판 1쇄 인쇄 | 2012년 12월 15일   **초판 10쇄 발행** | 2021년 8월 10일   **정가** | 11,800원
ISBN 978-89-92632-68-3 03850

이 책은 글담출판사가 저작권자와의 계약에 따라 발행한 것이므로 이 책 내용의 일부 또는 전부를 사용하려면 반드시 글담출판사의 동의를 받아야 합니다.